어린이집과 살며
가르치며 꿈꾼
성찰일지

어린이집과 살며
가르치며 꿈꾼
성찰일지

ⓒ 이금자, 2021

초판 1쇄 발행 2021년 12월 10일
    2쇄 발행 2022년 1월 7일

지은이	이금자
펴낸이	이기봉
편집	좋은땅 편집팀
펴낸곳	도서출판 좋은땅
주소	서울특별시 마포구 양화로12길 26 지월드빌딩 (서교동 395-7)
전화	02)374-8616~7
팩스	02)374-8614
이메일	gworldbook@naver.com
홈페이지	www.g-world.co.kr

ISBN   979-11-388-0456-1 (03810)

'성찰일지'로 나누는 좋은 교사, 좋은 교육 이야기

어린이집과 살며 가르치며 꿈꾼 성찰일지

이금자 지음

좋은땅

산: 엄마도 공부를 열심히 하지 그랬어?

나: (예상하지 못했던 아들의 말에 당황스러웠으나, 애써 감추며) 왜?

산: 휴가도 자유롭게 쓰고…. 어휴(엄마의 얼굴 표정을 살피는 듯 말꼬리를 흐린다.)

나: 그렇긴 하지만, 엄마는 좋아서 하는 일이야.

산: 그럴 거면 옛날처럼 유치원 선생님이 더 좋지!

나: 교사도 좋았지만, 교사들과 함께 아이들을 돌보는 게 얼마나 좋은데….

성찰일지(2015. 4. 12.)

산이에게 대답은 그렇게 했지만, 나 자신도 확신이 서지 않았던 탓일까. 짧은 대화를 나누고서도 괜스레 나의 지금 신세가 어땠길래 스스로 되물어 보았다. "하고 많은 일 중에 극한 직업을 체험하고 있어!", "하필이면 어린이집 원장이야?" 등등. 내 삶의 여정을 함께해 온 사람조차 대한민국 어린이집 원장은 '하필', '왜'의 말에서 유추하듯 인간의 여러 직업 중에서도 그리 긍정적인 이미지를 주는 것이 아님을 금세 알 수 있었다.

초등학교 입학 전에 아들과 나누었던 일화지만, 수년이 흐른 뒤에도 그날 아들과의 대화가 '마음에 꾹꾹 담아 두었던 나의 꿈, 그 꿈이 타인이 보기에는 초라하게 치부될 만큼의 하찮은 직업 중에 하나였을까.' 생각되었다. 굳이 그렇게 비하해서 보지 않더라도, 오늘날 우리나라에서 어린이집 원장이라는 직업은 무법천지의 사회에서 악덕 업주라든가, 안타깝게도 대표적인 검색 키워드로 '아동 학대'를 일으키는 현장에서 일하는 대표적인 사람 정도의 이미지가 아닌지, 과연 나는 이 일로 행복한가를 물어보았다.

그런데도 난 영유아 교육현장에서 이십 년을 넘게 일을 해 왔다. 기나긴 경력만큼이나 다양한 현장에서 근무를 해 왔고, 그 안에서 좋은 리더, 혹은 존경받는 원장이 되기 위해 열심히 살아왔다. 부정적인 이미지가 편견 중의 하나일 수도 있지만, 그런 말보다 나름대로는 나의 직업에 대한 '소명의식'으로 누구보다 열정을 다하고 있음은 분명하다.

긍정과 부정적인 이미지가 공존하는 직업, '원장'이라는 위치와 직업이 스스로에게도 그리 단순하게 받아들여지지 않는다. 그만큼 교사에서, 원장으로 살아 내면서 겪은 경험은 혼돈, 갈등, 인내의 산 흔적이라고 고백할 수 있을 것 같다. 돌아보면, 어린이집에서 살아가는 것이 항상 보람된 것도 아니었고 항상 만족스러운 삶을 유지하도록 도와주는 직업도 아니었다.

하지만, 매 순간 주어진 일에 최선을 다하고자 노력했고, 과정 과정마다 원장의 일을 잘해 내기 위해 자신을 돌아보고, 관련된 정책이나 현장의 상황적 맥락을 아우르는 공부도 하며 안간힘을 쓰기도 했다. 물론, 유독 어린이집 원장이라는 직업만 이러한 과정을 겪는다고 주장할 수는 없다. 장시간의 재교육과 현장의 실천 학문으로 좋은 교육현장을 만들어 내기 위한 노력이 지속되어야 그 목적에 더 가까이 다가설 수 있는 직업이 소수에 불과하다.

몇 해 전부터 나는 원장을 잘해 내고 싶었던 나의 욕망에 주목하기 시작했다. 그 욕망은 사라지지 않았고 더 선명해졌다. 나에게 욕망은 일의 동기 부여, 동력이 되었고, 이러한 사유는 일상에서 '성찰일지'를 작성하는 것으로 스며들게 되었다. 일화에서 번뜩이는 좋은 교육에 관한 고민, 어린이집 현장에서 아이와 부모, 교사들을 만나고 대화하면서 좋은 가르침에 대한 고민. 이런 고민은 성찰일지의 주제가 되었고, 때때로 교사와 학부모를 대상으로 하는 강의나 교사세미나, 교직원 회의 시간을 통해 생각을 나누기도 했다.

엄마로 살면서 좋은 양육과 교육을 생각해 왔고, 원장의 위치에서는 교사와 부모, 어린이에게 좋은 보육과 교육을 실천하기 위해 사고하고 최선을 고민하며 깨달은 '배움'을 만들어 나가고자 여러 시도를 해 왔다.

그러던 중, 이러한 문제들을 잘 다루고, 이해하기 위한 나만의 도구로 '성찰일지'를 염두에 두면서는 몇 해 전부터 주기적으로 글을 쓰기 시작했다. 부모로서, 원장으로서, 연구자로서 일인 다역을 하면서 살다 보니 완성도 있게 글을 썼다고 볼 수 없으나, 이러한 상황 가운데 놓여서 긁적인 이야기는 '현존재(現存在, Dasein)'로 살아 내는 나와 닮은

꼴이기도 하다.

어릴 적부터 글쓰기를 좋아했던 난 글을 매개체로 희로애락을 친구와 나누기를 즐기곤 했었다. 전혀 예상하지 않았던 어린이집 교사가 되면서는 편지 쓰기, 일기 쓰기, 관찰일지 작성 등으로 각기 다른 유형이지만 즐겨 해 온 작업들. 학부 졸업 후 석사, 박사과정을 밟으면서도 '글쓰기'는 나름의 세상을 이해하는 방식이자 전유물처럼 일상에 깊이 스며들었다. 현장을 떠나 공부를 하던 때에는 한 발자국 떨어져 있는 가운데 보육과 교육을 바라볼 수 있었고, 그때마다 생성되었던 생각의 무게는 그 결이나 온도 등 상황에 따라, 그때마다 고민이 되었던 것이 겹겹이 쌓이게 되었다.

반성적으로 생각하고 지난 일을 되짚어 보던 성찰일지 작성은 새로운 길을 향해 길을 열 수 있는 내적인 힘이자 강력한 무기로 작용하게 만들기도 했다. 그렇게 쓴 나의 경험은 어떤 상황에서는 일화 기록으로, 또 다른 때에는 시, 수필, 성찰일지 등으로 각기 다른 옷을 입혀 가며 무게의 중심만 옮겨졌을 뿐, 나의 성찰에는 항상 좋은 교육에 대한 꿈이 살아 있었다.

2014년부터 2021년 현재까지 끄적거려 온 여러 가지 이야기를 하나의 책으로 글을 엮어 보아야겠다고 생각한 것은 불과 한 달 전이다. 처음부터 계획하고 쓴 글이 아니기에 고급지고 완성도 높은 글이 아닐 수는 있다. 하지만 이런 현장에서 버티어 온 나 자신을 다독이는 글이기도 했고, 교사와 교육에 관해 논할 때도 쓰였던 글, 바쁜 일상에서 짬을 내어 마음으로 쓴 성찰일지. 그 안에서 내가 부모이면서 교육을 말하기도 했고, 교사면서 좋은 보육을 논하기도 했으며, 원장이 되면서 교사와 부모, 어린이와 함께하면서 꿈꿔 온 교육을 조금씩 펼치며 나누었던 이야기들이 담겨 있다.

유아교육 기관에서 어린이, 교사, 부모 사이에서 한번 즈음은 깊이 들여다보고 짚어 볼 명제들을 포함했다. 유아교육 기관에서 일하는 교사와 원장이 흔히 경험할 수 있는 일화에서 성찰했던 이야기들을 담고 있다. 수천 가지 일이 벌어지는 보육 현장이지만, 상황마다 완전한 매뉴얼은 없다. 명쾌하고 확실한 해결안도 찾기 어려운 곳에서 살아가기 때문에 두루 생각하고 되짚어 보는 시간, 반성하고 살피는 성찰의 기회가 절실하다.

여기 담은 글로 어린이를 소중히 생각하는 사람들이 좋은 보육과 교육을 더 깊이 사유하고, 함께 만들어 가는 여정에 좀 더 가까이 다가설 수 있기를 바란다. 지금도 현장에서 고군분투히며 삶을 살아 내는 존경하는 원장님들. 대한민국의 '어린이집 원장님'은 대표이자, 총무, 인사, 행정 등을 총괄해야만 하는 '멀티 슈퍼우먼'이다. 그래서 동료들을 생각만 해도 가슴이 먹먹하고 눈시울이 붉어진다. 녹록지 않은 어린이집 현장은 내게 고뇌의 길이요 좁고 협착한 길이었지만, 때때마다 다독이며 손잡아 준 생명의 동지로서 참으로 고마운 삼성어린이집 원장님들. 서투른 나의 사유와 배움을 함께 공유하고 나눌 수 있도록 기꺼이 함께했던 교사들에게 감사의 마음을 전한다. 항상 앞서서 좋은 보육을 고민해 주시고 최고의 일터를 선도해 주신 삼성복지재단. 이렇게 소중한 사람들과 기관이 있었기에 지금, 여기까지 걸어올 수 있었다.

한 사람이 천 길을 걷는 것보다, 백 사람이 한 걸음 걸어가는 것이 더 가치 있는 것임을 가르쳐 주시며, 한 영혼의 깊은 사랑을 깨닫고 모든 것이 은혜임을 알게 해 주신 나의 하나님. 어리석고 둔한 저를 위해 날마다 기도해 주시는 예수로 교회 이군원 목사님과 사모님. 은혜의 물 댄 동산 같은 섬김 목장 식구들. 나의 부족함을 깨치고 배움의 진정성과 깊이를 더해 주신 정선아교수님. 교사에서 원장으로 살아감에 있어서 최고의 멘토가 되어주신 강인자원장님. 전폭적인 사랑으로 키워 주신 감사하고 그리운 부모님, 올곧은 삶으로 살아갈 길을 힘써 만들어 주신 시부모님, 나의 영원한 영혼의 반려자인 남편, 그리고 인간 존재의 존귀함과 부모 됨의 소중함을 알게 한 아들 산이에 대한 고마움을 이 자리에서 전한다.

2021년 10월
더 좋은 보육 현장을 꿈꾸며

이금자

목차

여는말 4

하나

**원장으로
살아 내다**

- 가르침, 진짜 나를 알아가는 일   14
- 나는 어떤 원장이었던가?   20
- 교사를 가르친다는 것   25
- 사랑으로 가르치기(loveway)   29
- 살피는 눈   34
- 현장에서 나를 만나다   40
- 어린이집에서 살아 낸다는 것   44
- '기다림'을 알아가며   48
- 어린이집 살림살이   51
- 총량에 대한 생각   54
- 짧은 대화가 남긴 여운   57
- 어디까지 절제해야 할까?   60
- 뭘 어떻게 해야 할까?   64
- 갈림길에 서다   69
- 깊어지는 대화로   72
- 결국, 나 자신과의 싸움이지 않은가?   75
- 덜어 내고 또 덜어 내는 것   79

둘

**함께
만들어
나가다**

- 우리에게 선생이 갖는 의미   84
- 성찰하는 교사   88
- 성찰하는 시간 갖기   92
- 가르칠 수 있는 용기   97
- 생각의 길 위에 서다   101
- '아이가 좋아하는 것'으로부터   105
- 배움의 여정 돌아보기   109
- 나를 뛰어넘게 하는 힘, '상상력'   112
- 나는 열정적으로 사는가?   115
- 살맛 나고, 일 맛 나는 학교   118
- 영유아 교사들의 실행연구   124
- 소외된 지식은 무엇인가?   130
- 만들어 나가는 '교사재교육'   134
- 어린이의 삶의 관점을 최우선으로   138
- 집단지성(collective intelligence)   142

셋

**좋은
교육을
품다**

- 따뜻한 돌봄   146
- 지속적으로 사고 나누기   151
- 한 명도 소외됨 없이 함께 성장하는 '배움'   155
- 지켜본다는 것   158
- 관계와 교육   163
- 놀이하는 인간   167

－ 책임감 문화   171

－ 열망, 새로운 실험은 계속되고   175

－ 충만한 놀이, 충만한 일로 더 가까이   178

－ 성장이란 무엇일까?   183

－ 전이(轉移), 이대로 괜찮을까?   186

넷

**아이와
함께 살다**

－ 주체로 살아가는 나와 아이   194

－ 부모, 새로운 삶의 렌즈   197

－ '어린이의 삶'과 부모   200

－ 입학식 날   203

－ 삶의 연속성   207

－ 느티나무 도서관에서의 단상   210

－ 사랑의 수고   214

－ '덤'으로 주어진 시간   217

맺는말   226

참고문헌   229

하나

원장으로
살아 내다

가르침, 진짜 나를 알아가는 일

산: 이쪽에 해룡 족이 왜 나와. 여기도 틀렸다.

엄마: 아이고 힘들다.

산: 엄마, 공룡 족은 어디 있어? 그럼. 엄만 잠깐 내가 하는 거 봐.

엄마: (힘없이) 알았어….

이렇게 삼십 분이 되도록 유희왕 카드의 속성별로 겹겹이 나눠서 일자로 늘려 쌓아 놓는다. 나는 산이가 어릴 때부터 자기중심성이 강하고 자기가 하고 싶어 하는 것은 호기심을 발휘하며 곧잘 좋아하는 것은 알았지만, 종종 내가 생각하는 어느 정도 선을 넘을 때면 "아이고 힘들다. 그 정도만 했으면 좋겠다.", "또 그런다." 이런 말을 연거푸 하였다. 이런 나를 산이는 못마땅해 하기도 했고, 생각해 보면 연신 자기 나름대로 엄마와 같이하려 했건만 엄마는 번번이 귀찮아하는 것처럼 보였을지도 모르겠다.[1]

일화(2015. 10. 15.)[1]

---

1) 산이를 육아하면서 엄마로서 연구자로서 그리고 어린이집 원장으로 살아가면서 일화 형식의 글쓰기 중의 한 예이다.

일화(anecdote)[2]의 한 형식으로 틈틈이 교육에 대한 성찰일지를 써야겠다고 마음먹었던 어느 날을 회상해 본다. 그 당시 한 아이의 엄마이자, 원장 자리를 내려놓고 늦깎이로 박사과정 중이던 나는 좋은 교육을 만들기 위한 열망으로 가득 찼었다. 일상을 살아가면서 내가 그동안 옳다고 여긴 이론과 신념과 현실에서 직접 부딪히고 있는 사건 사이에 무엇이 본질인지를 조금씩 의심이 되고, 개별 만남과 현상에 대해 다시 무엇이 본질인지를 다시금 사유하는 일들이 반복되곤 했었다. 그러던 중, 아들 산이가 자라면서 그 고민은 깊어져만 갔었다. 왜 그랬을까?

삶이 녹록지 않아 마음을 달래고 넋두리할 수단으로 일기를 써 오던 나, 초보 엄마이기도 했던 나는 날마다 새로운 세상에 홀로 서 있는 듯한 시간을 보내야 했다. 엄마로서 정체성의 혼란기를 겪던 어느 날. 마치 내가 모든 것을 아는 것처럼 아이를 대하는 것을 스스로 발견하고서는 나는 참으로 '이기적인 엄마'라는 생각이 훅 밀려왔었다.

그 후로 점차 나는 무엇인가를 아는 사람인 것처럼 굴지만 오류 덩어리인 나 자신, 나는 어떤 사람인지를 다시 물음을 갖고, 다시 들여다보는 과정이 필요함을 절실히 느끼고 있었다. 자신을 들여다보는 일은 일화에서 성찰하는 일이 수반되었고, 그 안에서 글쓰기는 자연스럽게 이루어졌다. 그리고 현재 연구하고 있는 지식이 이전 경험과 얽히고 뒤엉켜 새로운 사유의 공간을 만들어 가는 것을 조금씩 체험해 나가기

---

2) '일화(anecdote)'는 삶의 특정한 부분에 대한 깨달음을 불러일으키는 자연스러운 방법으로 실제적인 이론의 예가 된다. 우리에게 경험을 구체적인 방식으로 성찰함으로써 그 경험에 대한 이해를 온전하게 보여 주는 방법으로 사용하였다.

시작했던 날들. 하나의 현상에서 해석의 방법을 통해 내가 체험하고 있는 경험을 본질적인 의미를 해명하고, 분석하는 것으로 나의 시선은 변화되어 가고 있었다.

　워킹맘으로 공부하는 것도, 일하는 것도 버겁게 느껴지던 날들 안에서 나는 무언가의 돌파구를 찾아야만 했다. 자꾸만 머리에서 사라지지 않는 교육에 대한 열망과 꼬리를 물고 잇고 닿는 것을 표현하는 방식이 글이었던 것뿐이다. 연구자로 학문에 정진할 때에도 어떤 연구방법으로 연구할 것인지, 항상 나의 문제의식은 어린이집 보육 현장의 문제와 나아지는 현장을 위한 도전과 어떤 시도가 있어야 하는지에 대한 질문이었고, 그것을 해명하기 위해 선행연구를 들여다보기 시작했다.

　그리고 반 매넌이 말하는 '체험의 본질적 주제에 대해 반성하기'는 엄마일 때, 원장일 때 그리고 연구자일 때 다른 이해의 차이를 불러일으켰다. 이런 사유의 공통적인 뿌리는 '좋은 교육, 좋은 삶'에 대한 욕망이었다. 그저 오랫동안 영유아 교육을 경험하고 가르치며 살아 내면서 고민하고 사유했던 것들이 글의 소재가 되었다. 교육을 바라보는 나의 시선은 '일화'에 녹아 있고, 이 안에서 성찰해 온 이야기가 몇 년을 거슬러 쌓이다 보니 겹겹이 더해져 새로운 결을 이루게 되었고, 하나의 책으로 묶였다.

　어설픈 글쓰기를 해 나가면서 나는 새로운 이해와 발견을 하였다. 성찰일지를 쓰는 시간은 나만이 가진 사유로 풍요롭고 새로운 길을 열어 주었다. 어쩌면 철학자 하이데거가 말하는 '이해'와 '발현'이 아닐까 싶었다. 가르침은 예술성과 닮았는지 그리고 새로운 배움의 즐거움이 무엇인지를 발견할 수 있었다. 공감의 문이 열리는 순간, 가르침에 대한 성찰은 분명히 이전에 내가 생각해 온 것과 사뭇 다르고, 나 자신은 계속 변용해 나가고 있음을 발견할 수 있었다. 그만큼 배움의 과정은 나 자신을 저 자신이 되어 가도록 더하는 일이 되었다. 그리고 어린이집[3] 현장에서는 매일 나와 마주하며 사유하는 시간은 중요하고 절실했다. 일화에 담은 사유는 나 자신에게 귀속되어 있지 않고, 나를 둘러싸고 있는 자녀, 동료 등 이해관계자와도 연결되어 있었다. 나와 관계 맺고 있는 사람들에게 글로 소통하는 것은 그들에게 영향을 주기도 하였다.

어릴 적 나는 자유롭게 시를 읊어대는 아이였었다. 그런데 교육을 받을 대로 받으면서 나다움은 감쪽같이 자취를 감추어 찾을 수가 없었다. 시(詩) 한 구절도 쉽게 쓰지 못하는 사람이 되어 버렸다. 필요와 목적에 따라 수많은 글을 쓰다 보니 멈추게 된 것들이라고 해야 할까. 늘 가르침을 행하는 사람이자 교육자라고 스스로 자부했었지만, 일상의 소중한 체험과 생각들을 얼마나 놓치고 살았는지는 누구보다 나 자신이 잘 아는 점이다.

시인은 글을 통해 예술을 하는 사람이며 글을 통해 모든 것과 대화하는 사람이기도 하다. 그것은 예술처럼 진실하고 진정성 있는 것이 될 수 있다. 시인은 모든 생명체 그리고 온 세상 사물과 말을 건넬 수 있다. 하이데거는 인간의 존재에 대해 그 자신이 이유이기 때문에 교실에서 교사와 아동은 현존재로서 대하는 것이 중요하다고 하였다. 그렇다면, 나의 삶과 교육현장에서 만나는 사람들에서 '발현'의 의미는 무

---

3) 나에게 '어린이집'이 갖는 의미는 객관적인 '대상물'을 넘어서는 각별한 존재와도 같다. 나의 정체성을 찾아가는 공간이자 자신을 이해하는 살아 있는 공간이다. 나에게 어린이집의 의미는 실존적인 누군가보다 가깝게 살을 맞대며 살아가는 터전이기도 하다.

엇인가? 내가 이해한 발현의 의미는 그 존재를 오롯이 바라봐 주고 고유한 존재로 보는 것이다. 현존재인 아동이 사유하는 삶 속에서 나를 드러내고 고유화한 상태가 아닌가, 다시 말해 존재로 자기다운 방식으로 자기답게 드러낼 때 '발현은 드러난다.'라는 의미를 다시금 생각해 본다.

결국, 현장에서 만나는 아동들과 교사들 속에서 나는 끊임없이 사유하는 존재로 다가가야 할 것이다. 그리고 그들의 '자기다움'을 자신의 방식으로 드러낼 수 있도록 저 스스로 만들어 갈 수 있도록 해야 할 것이다. 하이데거의 철학에서 진실한 가르침은 예술과 같이 비 은폐성을 존재로서 나타나게 하는 것이다. 예술은 진리의 창조하고 진리의 보존이 될 수 있게 한다. 교실에서 진리는 자동으로 나타나지 않고, 교사인 내가 엄마로서 산이에게 다가설 때 자동으로 참된 가르침이 주어지는 것도 아니다. 그의 말처럼, 가르침은 경외심을 갖고, 무엇인가를 깊이 생각하는 것이고, 그 노력의 결과로 진리가 나타나게 하는 것이기 때문이다. 즉, 가르침은 예술과 같이 경이로운 진리로 나타내 보이게 되는 것으로 가능한 것이다. 현대의 교육은 과학과 기술사회의 명명하에 저 스스로 자기다운 방식을 하는 사람은 사라지고, 어쩌면 지루한 일상과 반복으로 전락하는 것 같아 안타깝다.

교육자는 교육과정의 목표의 거대한 담론 앞에 더 정교해진 기술과 지식을 전수하고, 그 기준에 따라 아동은 분류되고 그들 존재의 의미도 이러한 범주 속에 고사해 버린다. 교사는 무엇이 진리이고, 무엇을 추구하고, 무엇이 사유해야 할 것들인지 사유해야 한다(한석훈, 2012). 그리고 가르침의 행위를 하는 교사는 학습자의 관계에서 상호 유한적인 존재임을 인식해야 한다. 신비롭고 복잡하며 다양한 삶의 현상을 낱낱이 들여다보는 일은 현장에서 희한한 일로 잊힌 지 오래된 게 아닌가 싶다.

발현과 가르침의 어원과 의미만 짚어 보아도 나는 무엇을 어떻게 해 나가는 교육자가 되어야 하는지 숙고하게 된다. 산이의 엄마로 살면서도 매 순간 놓쳐 버린 순간들이 있을 것인데, 그런 의미에서 나를 돌아보며 잘못이나 부족함이 없는지 돌이켜 본다. 또 이제부터 시작인 이 학문을 현존재로 살아가는 주체인 '나'에게 그 의미를 짚어 보며 뚜벅뚜벅 걸어가겠노라고 다짐해 본다. 지금 나 자신을 성찰하는 일은 '나를 알아가는 일' 중의 한 몸짓이다. 어쩌면 가르침은 나를 알아가는 과정에서 얻어지는 산물이 아닌가? 남의 인생이 아닌, 원장으로 사는 내가 나는 어떤 사람인지를 살피는 자기실현의 길을 찾아가는 여정, 그 '절실한 과제'를 발견하며 좋은 교육을 꿈꿔 본다….

나는 어떤 원장이었던가?

나에 대한 회고가 자꾸 드는 대목들이 많았다. 특히 실행연구를 했던 경험 속에 나는 어떤 의미를 발견하였던가? 영유아 교사의 리더십은 구체적으로 고민하지 않았던 일들을 회귀하게 했다. 단순히 나 자신을 성찰하는 문제라기보다는 현재 내가 살아 내는 삶 가운데 연결되는 문제이기도 하다. 현장에서 근무할 때에는 내가 문제라고 생각하는 것들을 교사들에게 먼저 '문제 제기' 하는 경우가 많았다.

성찰일지(2016. 5. 15.)

"왜 우리 어린이집의 회의에서는 말이 없을까?", "교사들은 왜 침묵하는가?", "나에게 먼저 다가와서 제안을 하지 않을까?" 겉으로는 안정적인 분위기에 조직적으로 잘 운영되고 있는 어린이집처럼 보이나, 원장으로서 나는 항상 이런 질문들이 떠나질 않았다. 사실 그것은 '어린이집 조직문화'에 대한 나의 고민이었고, 이로 인해 때때로 불편했었다.

매사에 최선을 다하고자 열심을 내었던 초임 원장 시절. 나는 교사들이 출근하면서 나에게 인사하는 형식조차도 신경이 쓰였다. 매일 아침 교사들의 기분이나 건강상태 등을 챙기는 일은 나의 일과에서도 중요했었다. 그리고 교실을 돌아보는 전체 라운딩 시간. 이때 교사들은 요즈음 교실에서 진행되고 있는 소소한 놀이와 일상을 이야기하였다. 교사들의 보고를 받은 후 나는 즉각적으로 피드백을 주었고, 개선해야 할 점들은 하루를 넘기지 않도록 해결 시기뿐만 아니라, 결과나 방안에도 몰두하였다. 나에게는 점검하는 것이 일이기도 했고 관리 차원이기도 했다. 특히, 부모 관리나 교실 운영은 빈틈없이 수행하도록 '세부적인 지시'들을 '한 방향'으로만 전달할 때도 있었다. 왜냐하면, 대부분 신입 교사로 구성되었던 경력의 특성상, 만에 하나 실수를 범하기라도 한다면 모두가 곤경에 빠질 수 있다는 불안감이 있었기 때문이다. 그리고 실제로 유사한 일들이 하루를 멀다 하고 발생하였기 때문이다. 교사들은 "학급 운영만 해도 늘 바빠요. 정신없이 하루가 지났어요.", "또 그걸 놓쳤나 봐요."라는 말도 종종 하였다.

반복적인 지시를 해도 해당 문제가 잘 개선되지 않으니 나로서는 더 꼼꼼히 챙길 수밖에 없는 노릇이었다. 그 당시에 나는 교사들의 긍정적인 면모보다 안전사고를 내지 말고, 아이들을 잘 돌보고, 원만하게 학부모님과 소통해 주길 바라는 마음이 컸다. 다수의 교사에게 더 많이 알려 주고 가르쳐야만 교사들이 자기의 직무를 잘 할 수 있을 것이라는 생각. 그런데 이런 나의 생각은 그리 오래가지 않았다. 나는 '안정적인 원 운영', '전문성 신장'이라는 명목으로 교사들을 변화시키고 개선하려고 애를 썼지만, 결국 교사와의 관계는 멀어져 가고 있었던 것을 시간이 지나고 나서야 깨달았다.

반복되는 일상 속에 원장이 매일같이 교실을 라운딩 했기 때문에 교사의 입장에서는 그 순간에 어떤 일들이 벌어질지 충분히 예상했을 수도 있고, 그 이상의 뜻이나 의도를 생각하지 않았을 가능성도 있었다. 많은 잡무 속에 시달리기로 정평이 난 보육교사들이 그 정도로 보육업무를 작성한다는 것은 어찌 보면 기특한 일로 생각했었다. 그렇게 살다가 어느 날 교사들에게 나는 어떤 원장인지 물을 때가 있었다. 그들은 원장이 매번 뭔가를 제시하고 도전하는 일이 대단하다 정도로 의미를 두면서도 '약간은 버겁다.'라는 느낌을 아주 조심스럽게 말했다. 이러한 연유로 교사들과 함께 실행연구는 나의 문제의식에서 활동이 시작되었다. 현장에서 할 수 있는 프로그램이라면 매년 자비를 부담해서라도 연수를 받을 만큼 열정적으로 교사들을 지원하고자 했던 나는 '성취감'과 함께 '회의감'에 빠지곤 했었다.

어떤 경우는 '교사는 나와 동료가 될 수 없는 것인가?'와 같은 물음이 내 안에 깊게 들려왔다. 교사와의 관계 안에서 원장이 겪는 '고독', 이러한 고독을 느끼는 것은 나 스스로가 다루어야 할 내적인 과제이기도 하였다. 교사와 만나서 대화를 하는 것은 어느 정도는 고립에서 벗어나는 상태였을 때 가능하다. 더욱이 보육 현장에서 교사와 함께 현장의 문제를 해결하는 것은 지속적인 열정과 인내심을 요구하였다.

교사가 어린이집에서 일할 때, 진정으로 내적 동기부여를 받고 자아실현의 차원으로 다가설 수 없는 것일까? 그들이 언제나 자유롭게 자신들의 의견을 게시하고, 상하 전달식의 일이 아니라 동료가 갖는 수평적인 관계로 소통이 원활할 수 없는지에 대한 고민은 매번 해결되지 않아서 답답함도 종종 느꼈었다. 원장인 나의 위치와 자리를 벗어난 후, 그저 연구자인 한 사람으로서 다시 원장과 교사의 일반적인 관계를 바라보니, 보이지 않았던 나의 모습도 발견하게 되고 새로운 해석도 생성되고 있음을 느끼곤 했었다.

교사와의 관계에서 원장에게 중요한 것은 '나 자신을 들여다보는 성찰'이다. 그런데 이미 현장을 떠나온 지금은 아쉬움만 있을 뿐이다…. 이전에 내가 했던 현장의 실행연구는 교사가 교실에서 적극적으로 리더십을 발휘하도록 만들지 못했었다. 지금까지 내가 현장에서 했던 실행연구는 교사들이 교육과정의 실행자로, 주체로 만들지 못했다. 그래서 보육 현장에서 실행연구를 해 본 나의 경험을 해체해서 볼 필요가 절실했다. 나는 교사들을 동료로 느끼고 대했다고 자부했는데 그런 나를 경험한 그들은 그러지 않았을 것이라는 생각에 마음이 아팠다.

미안하고 또 죄책감 때문에 다시 현장으로 돌아가야겠다는 마음이 들기도 했다. 내가 머무는 그곳에서 나는 어떤 원장인지를 동료인 그들에게 가장 의미 있는 인정을 받는 것이 갈급했던 탓이기도 하다. 나 스스로는 교사들에게 최선을 다했다고 회고한 적도 있지만, 그 최선의 내용이 교사들에게 행복하고 의미 있는 것이었는지를 되물어 보면 아쉬운 부분이 많다.

"당신은 어떤 원장이 되고 싶은가?", 다시 누군가가 내게 묻는다면, "나와 교사들이 함께 행복한 어린이집을 만들고 싶어요. 그런 현장을 만들어 갈 때 교사들이 자신을 존귀하게 여기는 마음을 갖도록 돕고, 보육 현장에 실천하도록 역할을 하는 원장이 되고 싶다."라고 말할 것이다. 보육 현장의 실행연구, 현장연구가 학위를 받기 위한 목적으로, 혹은 대외적인 실적을 위해 하는 특별한 임무가 되는 현실의 상황이 씁쓸하다. 그 일이 원장으로 실현되든, 다른 모습이어도 상관이 없지만, 이루지 못했던 아쉬움의 조각들을 다시 꿰매고 실행할 몫이 있지 않을까? 오늘의 배움이 하나의 경험으로만 그치지 않고, 다시 원장이 되었을 때 내가 선 그 자리에서 오늘의 소중한 깨달음을 토대로 교사와 함께 실천해 나가길 다짐해 본다.

교사를 가르친다는 것

한 번도 해 보지 않았기 때문에 부정적으로 생각하고 불안감만 느끼는 것 같아서 '일단 해 보자.'라는 마음으로 활동을 진행했다. 처음에는 공간에 대한 중요성을 느끼지 못했다. 원장님께 활동 진행 상황을 공유하면서 공간에 대한 중요성을 알게 되었다. 역시 원장님은 새로운 관점으로 객관적으로 세상을 바라볼 수 있게 해 주시는 것 같다…. 중략…. 선생님들과 소통하며 우리 어린이집에서 가장 아늑하고 유아들이 호기심을 느끼는 공간을 선정하게 되었고 그 공간은 새롭게 탄생할 수 있었다.

진 교사의 성찰일지(2021. 6. 10.)

스승이 있다는 것은 참 행복한 일이다. 어린이집에서도 나는 늘 교사들을 만났고 어떤 방식으로든 좋은 가르침을 하고자 노력했다. 누군가가 나에게 가르침을 주는 관계에 살 때도 있었지만 경력이 쌓일수록 가르침을 받는 입장보다는 '가르치는 입장'에 놓일 때가 더 많아지는 것 같다. 나의 삶을 둘러싸고 있는 관계에서 가르침을 행하는 사람은 부모님, 형제, 친구, 직장동료 등으로 볼 수 있다. 이 관계에서 나는 가르치는 사람인가? 가르침을 행하는 사람인가? 명확히 구분 짓기란 쉬워 보이지 않는다. 그래도 짚어 보자면, 나는 가르침을 행하는 선생이면서도 특정인으로부터 가르침을 받으며 살아가는 존재이다.

가르침을 받을 때도 나는 참 행복했다. 내가 가르칠 때도 행복을 느끼곤 했었다. 행복한 이유의 근원이 무엇인지를 생각해 보면, 나의 선생님에 관한 좋은 기억을 꼽을 수 있다. 선생님은 나에게 좋은 추억의 중심에 있고, 언제든지 보고 싶으면 나의 일기장으로 소환할 수 있는 존재로 남아 있다.

가정 형편이 녹록지 않았던 학창시절, 선생님은 나의 꿈을 전폭적으로 지지하는 분이셨다. 선생님을 그 어떤 말로 표현하기 어렵지만, 선생님이 나를 바라보는 따뜻한 시선과 나의 말에 귀 기울여 주시며 믿어 주심은 학교생활의 큰 힘이 되었다. 그리고 성장해서 내가 다른 사람을 가르치는 입장에 놓였을 때, 나 또한 그런 선생님이 되고 싶었다. 그래서일까? 사무치도록 그립고 보고픈 선생님에 관한 기억, 좋은 이미지는 원장이 된 내가 교사들을 만날 때에도 '스승과 같은 존재가 되어야겠다.'라는 열망으로 고스란히 남아 있음을 느낀다.

특히 중학생 때 사회 과목을 가르치던 담임 선생님이 참으로 그립다. 따뜻한 성품을 가지신 선생님은 나의 고민이나 진로에 대해 진지하게 들어 주셨다. 선생님은 응원하는 마음을 쪽지로 적어 주기도 하셨다. '선생님은 날 정말 사랑하시는구나. 나를 정말 잘 이해해 주시는 분이야.'라는 생각이 은연중에 생겼던 것 같다.

중학교 3학년 봄 소풍 가던 날. 엄마가 새벽녘에 갓 지은 밥으로 김밥을 싸 주자, 냉큼 김밥 한 줄을 신문지에 둘둘 말아 교무실로 질주했었다. 얼른 따뜻한 김밥을 전해 주면 선생님이 기뻐하실 모습을 떠올리며 전했던 따끈한 김밥. 언제나 나의 마음을 있는 그대로 수용하며 감싸 안아 주셨던 선생님이 가장 먼저 떠오르는 이유는 옛 추억이 지금도 살아 숨쉬기 때문인 것 같다.

지금껏 현장에 있으면서 몇 해가 지나도 스승으로 생각하고 고마움을 전하는 교사들이 떠오른다. 교사를 가르치는 것은 그 어떤 말보다 따뜻한 시선이 아닐까 생각해 본다. 잡다한 일에 치우쳐 교사들을 살피는 일이 내 본연의 일임을 잊을 때가 많지만, 그 고운 이야기를 현장의 교사들과 만나며 가르치는 것에 대해 말할 기회를 만들어 보는 건 어떨까. 올해도 그 이듬해에도 내가 그런 선생이 되길, 그리고 내가 만나는 현장의 교사들이 그런 따뜻한 교사가 되길 희망하며 '참 좋습니다' 시에 희망의 비행기를 날려 본다.

참 좋습니다

어린이집이 참 좋습니다

눈물 콧물 울고 웃고

봄 여름 지나면 겨울 오듯

애달픈 꿈 애달프다 기도하며 사는 곳

외로이 걷는 험난한 길 같아도

같이 걸어가는 아이와 교사가

함께 꿈꾸며 사는 이곳

어린이집이 참 따뜻합니다

걸을 땐 몰랐습니다

이젠, 안 걸을 수 없습니다

어린이집이 참 좋습니다

성찰일지(2021. 6. 17.)

사랑으로 가르치기
(loveway)

내가 내게 있는 모든 것으로 구제하고 또 내 몸을 불사르게 내
줄지라도 사랑이 없으면 내게 아무 유익이 없느니라

- 고린도전서 13장 3절

사랑은 마주 보는 것이 아니라 함께 같은 방향을 보는 것이다

- 생텍쥐페리

사랑은 사랑하고 있는 자의 생명과 성장에 대한 적극적인 관심
이다.

- 에리히 프롬

"애지 욕기생"(愛支, 欲氣生)
사랑할 때에는 살기를 바라고 미워할 때에는 죽기를 바라는 것
이다.

- 논어(안연편) 10장

사랑에 관한 구절들 중에 압권은 성경에서 나오는 말이다. 수천 년이

지나서도 인류에게 읽히는 '사랑장' 말씀이 좋은 교육을 바라고 원하며 소망하는 이들에게 지표가 되는 듯하다. 말만 무성하거나 행함이 없을 때의 사랑은 상대에게 아무런 유익이 없다는 것이다. 그리고 《논어》에서는 사랑하는 것은 "산다."라고 표현한다. 누군가가 살아 낼 수 있게 하는 강력한 힘으로 생명을 유지하는 본질적인 조건이 된다는 것이다.

'사랑'은 일상에서 흔하지만, 중요하기도 한 말 중의 하나이다. '친구와 가족 관계', '교사와 학생 관계', '부모와 자녀 관계'에서도 이보다 풍요롭게 하는 말이 어디에 있을까. 가족이 구성되고 출산하는 부모 되기, 부모의 역할을 해 나갈 때에도 근원적인 힘은 자녀에 관한 '사랑'으로 출발하는 것이다. 부모에게 사랑이 없다면 어떤 일들이 벌어질까? 요즈음 하루에도 수두룩한 뉴스에서 불행한 가족사를 너무나 쉽게 접할 수 있다.

드문 예지만 그중에서 '사랑'이라는 명목하에 자녀에게, 혹은 가족에게 저지른 행위가 과연 상대방에게도 사랑으로 받아들여질 수 있는가? 온전한 사랑이 무엇이길래 사랑으로 가르치는 것은 그 가정에서 이뤄질 수 없었던 것일까? 이미 우리 사회에서 가족의 불행한 사건들은 흔한 뉴스가 되어 버린 지 오래다. 아무리 좋은 처방전이 있어도 사랑이 없는 말이 사람 관계에서 '존중의 관계', '의미 있는 관계'로 나아가기 어렵지 않은가? 이처럼 나는 사람 관계에서 사랑하는 마음과 태도를 중심으로 대하는 것은 매우 중요하다고 여기며 살아왔다.

스텐버그는 '완전한 사랑'은 '친밀감', '열정', '헌신'의 세 가지 요소를 꼽고 있다. 그중 어느 것 하나만 강조하고 다른 것을 도외시하면 온전한 사랑이 아니다. 그런데 실상은 사랑이 어떤 의미이건 구분 짓고 따지지 않는다. 또 많은 부모와 교사들은 '사랑'이라는 이름으로 행위를 한다고 주장한다. 특히 교사는 교육기관 장소에서 '사랑으로 가르치기'를 하므로 겉으로 보기에는 부모의 사랑, 모성적 행위와는 사뭇 다르다. 솔직히 나는 이 책을 보기 전까지 이 두 관계를 깊이 생각하지 않았다. 단지 '모성'의 사유는 우리나라 어린이집, 유치원과 같은 교육기관의 교육철학에서 중요하게 다루어야 할 개념 정도로 생각했던 것 같다.

또 '사랑으로 가르치기가 왜 중요한가?'의 물음에 답하려면 여전히 증명하기 어려운 부분이 있다. 이러한 '불확실성'은 더 고민이 되는 지점이다. 유아교육 분야에서 연구되어 온 것들의 주제를 보면 '사랑'은 여전히 근거가 있는 이론과 견줄 수 없거나 혹은 불편하게 느껴 온 부분이 있다는 것을 알 수 있었다. 그런데도 "사랑으로 가르치기는 중요하지 않아."라고 말할 수 있는 근거는 더 없지 않은가? 반대로 근거가 있어 보이는 교육 심리적인 접근, 교수 공학적인 방법으로 오랫동안 유아 교육에 지배적인 영향을 미쳐 왔다고 볼 수 있다. 지금도 그 맥락에서는 다름이 없다는 점이다.

'사랑'은 교사의 삶에서 '변수'와 같이 중요했던 게 분명하다. 그러나 어떤 부분에서, 무엇이었는지를 되물으면 낱낱이 흩어져 있는 이야기로만 남아 있는 게 아닌가? 이러한 부분은 다시 더 논의할 영역으로 볼 수 있다.

또한 '사랑'은 교사와 학생의 관계를 중요시하는 것처럼 '모성' 또한 그렇다. 사랑, 모성 외에도 용어 자체가 주는 모호함과 모호성이 있는 '좋은', '따뜻함'과 같은 단어는 시대가 변해도 여전히 중요한 의미를 담고 있다고 생각한다. 이러한 요소들은 실증적이지 않고, 투입 대비 효과를 가시화할 수 없다는 평계로, 근대적인 구조주의(構造主義) 사고에 밀려서 간과해 온 것은 아닐까? 인간 개인의 삶에서 훌륭한 교수 방법으로 처치받은 것에 매몰되지 않아야 할 이유가 바로 거기에 있는 것이다.

한 학기를 열심히 달려온 교직원들과 어떤 사유를 해 볼 것인지를 고민하다가 다시 이전의 성찰일지를 보게 되었다. 나는 마지막으로 사랑이 근원이었던 '모성'이 얼마나 큰 힘이 되는지를 고백한 나의 이야기로 마무리하려 한다. 그리고 앞으로 어떻게 살아갈 것인지를 나 자신에게도 다시 물어본다. 사랑으로 가르치기, 가르치는 사람이나 가르침을 받는 대상자 모두에게 필수 영양제보다 더 좋은 처방제임을 강조하고 싶다. 다음은 '깊은 모성' 하면 또렷이 떠오르는 일화이다. 이제 돌아보니, 무학도였던 할머니의 그 따스한 손길이 완벽한 가르침이었다.

나는 나의 의지와 상관없이 자주 외할머니가 떠오른다. 왜 그런지 생각해 보면, 내 어릴 적 기억에는 맞벌이 부부였던 친정 부모 곁에 외할머니가 모든 육아를 도맡았었다. 집안의 가사 일은 엄마의 몫이 아니라 외할머니의 일이었던 것이다. 외할머니가 내 기억에 '따뜻함'으로 남아 있고, 엄마보다 자주 그리운 마음은 나의 어린 시절 영향력이 컸다고 볼 수 있다. 외할머니는 사랑이 많으신 분이었다. 무엇 때문인지 모르나 어릴 때 자주 복통에 시달렸다. 복통으로 호소하는 나를 졸리는 눈을

어린이집과 살며 가르치며 꿈꾼 성찰일지

깜박거리며 늦은 밤까지 곁에서 돌보아 주었다. 어떤 때는 뜬 눈으로 밤을 지새웠던 것 같다. 그냥 돌봐주는 것이 아니라, 외할머니는 생소한 구전 동요를 들려주기도 했고, 전쟁에 겪었던 경험이나 오래전부터 내려오던 민담을 나에게 재미나게 해 주었다. 할머니의 그 사랑. 모성은 엄마에게 받는 것과 다른 '따스함' 그 자체였다. 그래서 학교에 마치면, "할머니~" 하고 소리치고 찾았다. 엄마가 있으면 더 좋겠지만 엄마는 늘 일하느라 바빴기 때문이다. 그런 시절을 보내고 사십이 넘은 나이가 되어 보니, 그때가 너무나 그립다. 그때 꽃과 같이 나를 고이 지켜 준 외할머니가 가슴 시리도록 그립고 보고프다. 모성은 이처럼 추억을 내달리게 만들고, 나의 정신을 지배할 만큼 온정적인 삶의 에너지를 주는 힘이 있는 게 분명하다.

성찰일지(2016. 5. 7.)

살피는 눈

그때를 떠올려 보면 학부모가 저희의 말을 믿어 주지 않고, 그
아이만의 교사가 되어 주기를 바라는데, 저는 그럴 수 없었던
점이 가장 힘들었어요…. 나는 12명 아이의 선생님인데, 한 아
이만의 선생님은 아니니까 다른 아이들을 보면 정말 미안하기
도 했어요. 온종일 아이만 따라 다닐 수도 없고…. 최선으로 아
이를 봤지만, 막상 무는 일이 발생하면 표정, 태도까지 싹 바뀌
는 모습 보면서 교사로서 자괴감도 들었고…. 그때 정말 교사
를 해야 하나? 오랫동안 교사를 했지만 그런 경험은 처음이어
서 저 스스로도 너무 힘든 시간이었어요.

성찰일지(2021. 3. 5.)[4]

어린이집 현장에서 아이들과 살아가면서 겪는 일들에는 즐거운 일
상도 있지만, 어떤 역할을 해 나가야 할지 교육적인 고민을 해야 할 일
들이 산재해 있다. 그냥 스치듯 바라보면 안 보이는 것들이 잠시 멈춰

---

4) 본 원고는 2021년 보육지원학회 춘계학술대회에서 '어린이집 현장사례'로 발표한 내용을
토대로 새롭게 작성한 것이다.

서서 집중해서 보면 목소리도 더 잘 들려오듯이, 나는 한 아이의 문제도 관심을 두고 살펴야만 알아차리게 되는 순간들을 종종 경험하곤 했었다. 위에 제시한 나의 성찰일지와 교사와의 대화에서도 산이의 담임교사는 나름대로는 아는 지식을 최대한 동원하여 최선을 다한다고 생각했으나, 매번 또래를 무는 상황이 발생한 날에는 부모님과 소통 자체가 힘겹고 불편했었다. "나는 12명 아이의 선생님인데, 한 아이만의 선생님은 아니니까."라는 말에서 나타나듯이, 근 10년의 경력이 있는 교사였지만, 그때의 경험을 회상하면서 교사의 역할에 대한 극심한 갈등, 이어서 교사로서의 정체성에도 혼란을 겪었다.

'영아가 무는 일이 지속되어 또래가 다친다면 어떠한 어려움이 있을까?' 이 물음에 영아를 둘러싸고 있는 이해관계자들, 특히 어린이집에서는 긴급하고도 중요한 문제로 반드시 풀어야 할 '필수적인 과제'로 이해되었다. 교사들의 인식에서도 영유아를 돌봄과 생활지도를 하는 것은 기본적이면서도 중요한 일이라는 생각에 이견이 없었다.

영아의 '무는 행동'을 이해하고, 긍정적으로 지원하기 위해 교사들은 그 원인과 상황을 파악하려는 목적 등으로 오랜 시간에 걸쳐 부단히 노력해야 한다. 중요하지만 잘 되지 않는 일이기도 한 생활지도는 현장 대부분에서 경험하는 공통으로 관심을 두고 고민해야 할 부분이기도 하다. 특히, '무는 행동'과 같은 행동 지원에 대해 교사가 겪는 어려움은 원장으로서 전문적으로 지원해야 할 영역으로 볼 수 있다. 이러한 맥락에서 나는 매년 교사들을 대상으로 '영유아를 위한 생활지도', '생활지도를 위한 교사의 역할' 등에 관한 재교육을 계획하고 실행해 왔다. 한편 교사 역할의 갈등이나 고민, 딜레마를 다른 측면에서 바라보면 깊이 들여다보고 함께 숙고해야 할 문제이기도 하므로, 이에 대해 어린이집 현장 내에서 담론을 펼치는 장이 있는지, 여러 방향에서도 해석해 볼 필요가 있다는 말로도 해석이 된다. 좋은 가르침은 연결(connecting)을 요구하고, 연결의 첫 단계는 그 사람의 가치와 태도가 무엇인지 아는 것이고, 그들이 무엇을 알고, 무엇을 할 수 있는지를 아는 것이다(Walsh, 2015). 교사들의 고민뿐 아니라, 나의 경험을 되짚어 보아도 영유아의 행동 지도에 관한 부분은 쉽지 않았다.

부모, 교사 그리고 원장과도 연결된 문제이기도 한 영유아 행동 지도는 이를 다루는 주체가 되는 사람은 이들의 관계를 잘 이해하는 것이 무엇보다 중요하다. 행동 지도에 이해관계를 맺고 있는 사람들은 그 행동을 어떻게, 무엇으로 생각하는지, 어떠한 어려움이 있는지 등을 이해하고 알며 공유해야 하는 뜻으로도 해석할 수 있다. 교사나 원장이 문제해결을 위해 전략을 사용하는 것은 이해관계에 있는 사람들의 고민이 무엇인지를 알고, 그들이 가지고 있는 가치, 태도, 기술의 토대로 연결할 수 있는 점들이 있어야 좋은 가르침이 될 수 있다(Walsh, 2015).

생활지도 또한 '좋은 가르침'이 되길 바라는 마음이었던 나는 원장으로서 교사들의 고민을 들을 때, 나의 경험을 연결 짓는 시도를 했던 것이다. 영아의 행동에 관한 협의를 위해 부모와 교사가 만나서 소통을 하는 것은 매우 중요한 과정이다. 교사들이 생각하는 것과 달리, 부모의 입장 사이에는 차이가 존재하고, 그 생각도 다양함을 종종 경험해 왔다. 문제 속에 빠진 교사와 또 다른 협의하는 사람이 되어 교육적인 고민에 관해 대화하는 것은 이러한 상황을 더욱 넓은 시야에서 볼 기회를 만들 가능성을 열 수 있다.

좋은 대화는 대화에 참여하는 사람들이 서로의 마음이 만나 서로의 신념, 생각 등이 어느 정도 상호 공유되는 것이 중요한데, 마음이 서로 만나기 위해서는 진정성 있는 태도로 지속해서 대해야 한다(Walsh, 2015). 하지만, 반복적으로 문제가 발생한 행동을 해결하기 위해 협력하는 대화는 어떤가? 협력이 중요함을 알기는 하지만, 특히 아이의 부모, 교사로서는 만나는 것 자체가 부담스러울 수 있음을 염두에 두어야 한다.

"어떻게 협력적인 관계로 참여하도록 할 수 있는가?"에 질문을 품고 고민했던 나는 먼저 원장이 교사와 부모의 협력자가 되기로 하였다. 서로의 다른 이해가 분명히 존재하지만, 그 차이를 존중하며 현 상황에서 가장 최선은 무엇인지를 찾는 시도와 노력은 교사들의 문제로만 단정 짓지 않고, 앞으로의 방향을 함께 고민하는 협력자로서의 원장의 역할이 부여된 것이나 다름없다는 것이다. 그리고 원장과 교사, 부모는 어떠한 상황이든지 아이가 건강하고 행복하게 성장하기를 바라는 공통의 마음이 있음을 주목할 필요가 있다. 이처럼 부모의 참여, 협력으로 나아가기 전, 먼저 어린이집에서는 내부적으로 그 지향점에 대한 마음이 공유되고 공감을 얻는 것이 선행되어야 할 부분이 아닌가 싶다.

현장에서 늘 직면하는 각종 문제 앞에 너무 빨리, 하나도 손해 없이 해결하려고 덤벼드는 태도가 불쑥불쑥 살아날 때가 많다. 이때 잠시 행동을 멈추고, 더 긴 호흡으로 나 자신을 바라보고, 사태를 파악하는 일은 매우 중요하나 쉽지도 않으니 우리는 주목해 보아야 한다.

시간이 많이 흐르고 난 뒤, 치열했던 문제의 상황은 지나고, 나와 교사들에게 배움이었다는 생각을 발견하였다. 참 감사한 일이다. 그때 우리에게 "배움은 무엇이었을까?"를 생각해 보다가 사토마나부의《교사의 배움》에서 배움이 떠올랐다. 그는 배움은 교육 내용인 대상 세계와의 만남과 대화를 강조했듯이, 나의 경험에서도 문제해결을 위한 대화는 배움을 이끄는 중요한 도구가 되었음이 깨달아졌다(사토마나부·한국배움의공동체연구회, 2019). 무수한 현장의 사례가 있지만, 그때의 무는 행동은 '단 하나의 유일하고 특별한 경험'이었고, 이전에도 없었던 '유일한 사례'라는 점이다. 즉, 생활지도는 모든 상황에 적용될 가능성이 적은 게 사실이고, 명쾌한 '해결안'으로 즉시 적용할 만큼의 완전한 솔루션도 없었다. 매번 행동 지도를 어떻게 할 것인가에 큰 의미를 둔 나머지, 어떤 행동 지도가 영유아에게 가치가 있는 것인지, 혹은 어린이집, 부모, 교사의 상황에서 적절한 교육이 무엇인지에 대해 논의할 필요가 있었다.

사례를 해결하는 과정에서 최우선으로 고려했던 점은 '어린이, 부모, 교사'를 함께 이해하며 '살피는 눈'으로 특정한 부분이 아니라 항상 염두에 두고 실행했던 부분이다. 진정성 있는 이해는 존중과 공감이 밑바탕이 되어야 새로운 가능성을 열 수 있고, 최선으로 대화하고 협의 과정에서 무엇이 최선인지를 찾아가는 과정 그 자체가 좋은 방향으로 다가서는 것을 체감하였다. 무엇보다 '대화'는 갈등의 변곡점에서, 때로는 당장 해결하기를 요구는 상황에서도 문제해결의 가장 중요한 도구가 되었다.

"오늘 바다 엄마를 만나고 나서야 나와 같이 어려움을 겪어 내는 '한 사람'으로 마음에 다가옴을 느꼈다. 몇 개월 동안 이 문제 상황에 빠져 있다 보니, '왜 저럴까? 좀 더 일찍 아이를 하원시키면 안 되나?'라며 교사들을 힘들게 하는 부모로 규정짓는 내 모습을 발견하였다. 문제해결을 위해 서둘렀던 건 아닌지 신중하지 못했던 내 모습에 순간 미안함이 밀려왔었다.

이번 일은 문제의 원인이 상대방에 있다고 판단했었기에, 상대를 가르치고 변화시키려는 방향으로 이끌었다. 그러다가 보면 '협의'라는 이름으로 어린이집의 입장에 부모가 맞추기를 바랐고, 그 기대와 목표는 진정한 대화로 가지 못할 수 있었다. 그런데도 문제를 가진 아이의 부모로 평가하기 전에, 단 하나의 엄마, 아빠로 그 한 사람의 관점에서 있는 상태에서 여기며 마음을 열고 계속 대화하는 그것이 더욱 좋은 '협의'가 될 수 있음을 다시금 느끼게 되었다."

성찰일지(2019. 8. 21.)

현장에서 나를 만나다

나는 어떤 교사가 되고 싶었던 것일까? 대학교 때 그런 생각을 종종 했었는데, 교사가 되고 나서 처음으로 그런 질문을 받았다. 이 질문을 원장님이 나에게 하셨을 때 당황스러웠다. 그리고 처음 성찰일지를 쓰면서 알게 된 것은 나를 정말 돌아보지 못하고 지낸 것 같다는 생각이었다. 처음 마음과 달리 나는 현장에서 아이들을 만나서 정신없이 하루를 버티기만 했던 것이다.

교사세미나 후, 윤 교사의 성찰일지(2019. 4. 17.)[5]

교직원, 아동, 부모를 대하는 나의 철학은 세워져 있는가? 교직원, 아동, 부모를 대하는 나의 철학은 일관적인가? 앞으로 어린이집에서 사람들과 관계 맺기를 어떻게 해야 한다고 생각하는가?

성찰일지(2017. 9. 6.)

---

5) 어린이집에서 교사교육의 일환으로 월 1, 2회 교사들과 모여 교육적인 고민과 어려움 등을 나누고 교육적인 대화를 하였다. 원장으로서 여러 상황을 바라고 이해하는 방식으로 교육적인 해석을 교사들에게 나누는 시간은 어린이집 운영에 있어서 매우 중요한 부분으로 다루었다.

위에 제시한 두 개의 성찰일지에서 담고 있는 질문은 스스로에게 물어보고, 다시 생각해 본다. '교사'는 자기의 신념, 자기 생각으로 아이들을 만나며 교육한다. 때문에 사유하는 존재인 교사는 현장에서 나를 들여다보는 일은 무엇보다 중요하다고 볼 수 있다. 어린이집의 원장으로 살아온 경험보다, 아직은 교사로서 더 오랜 시간을 살아왔다. 또 원장으로 살아온 시간보다는 한 아이의 엄마로, 아내로서 살아온 시간이 많다. 지금까지 살아 낸 시간을 속속들이 되짚어 보면 경험하고 보이는 상황은 달랐으나 내 안에 자리 잡고 있었던 교육에 대한 태도, 즉 교육을 고민하고 바라보는 '열망'과 '철학'은 일관된 증인은 바로 나 자신이었다.

얼마 전 한 학기를 마무리하면서 교사들과 한 명씩 만나 면담을 하였다. 1학기 시작할 때와 달리, 목표로 세웠던 일들은 바쁜 현실의 흐름 속에 희석되어 버려 '실패감'과 '부담감'에 고뇌하는 낯빛으로 주눅이 들었던 한 명의 교사가 떠올랐다. 실패를 겪은 교사는 마치 단두대에 올라 가혹한 평가가 주어지는 대로 받아들이려는 듯, 일그러진 교사의 표정은 일순간 면담 분위기를 침묵으로 삼켜 버리는 듯했다.

나는 왜 교사가 그런 좌절감에 사로잡혀 있는지가 궁금하였다. 선입견을 내려놓은 채 진심으로 교사의 이야기를 듣겠다는 마음을 전했다. 교사의 생각이나 사정에 무관심하지 않고 나의 일이기도 하다며 현 사태에 대해 느끼는 나의 생각을 나누자, 눈물을 훔치던 교사가 가까스로 마음을 열며 이야기를 시작하였다. 이후로는 내가 직접 그 교사가 어떠한 부분에 노력이 필요한지, 필요한 역량이 무엇인지를 꼬집어서 설명할 필요가 없었다. 이미 그 교사는 자기 이해를 하고 있었고 단지,

그런 상태에 놓인 자기 자신에 대해 말할 용기가 나지 않았고, 자신의 문제를 듣고 공감하며 지원해 주는 상사, 동료가 필요했다는 진심을 알게 되었다. 그리고 나는 교사의 모습에서 나 자신을 마주하게 되었다.

교사와의 면담은 예상했던 시간보다 한 시간을 훌쩍 넘겼다. 그날 이후로 나는 교사와의 면담을 어린이집 현장에서 가장 중요하게 생각하게 되었고, 교사와의 면담은 공적인 일 중에서도 '가장 중요한 일'로 자리를 잡아 나가게 되었다.

사람 관계에서 자기 나름대로의 원칙이나 옳고 그름의 기준, 그것을 나는 이 글에서 '신념 혹은 철학'으로 규정해 보려 한다. 특히나 어린이집에서 교사로서, 영양사로서, 사무원의 겉옷을 입은 사람으로서의 철학은 나의 행위를 하기까지 가장 큰 영향력을 미칠 수 있음은 자명한 일이다. 내가 초임 교사로 일하던 1990년대에는 직장의 조직문화가 매우 경직되어 있었다.

그 당시 대부분 상사는 권위가 있었고, 교사들은 지나친 경쟁이나 서열, 선후배를 우선시하는 분위기였다. 때문에 어디에도 기댈 언덕이 없는 사람은 망망대해에서 헤엄을 쳐 종착지에 도착하라고 하는 상황 속에서 직장생활을 해야만 했다. 세상은 진화했고, 지금도 그 진화는 우리가 인식을 하든, 하지 않았든 그러한 유무와 상관없이 흐르고, 또 변화한다. 어린이집의 조직문화도 그 이전의 시대와 사뭇 달라졌음에는 이견은 없을 것이다.

다양한 가치와 전쟁하는 듯한 오늘날에는 선생의 역할을 하는 사람들에게, 특히 사람을 가르치고 좋은 방향으로 도움을 주는 데 주체가 되는 교사들은 시대에 휩쓸려 버리지 아니할 축이 있어야 한다. 교사는 자기 나름의 '신념', '철학'으로 자기교육을 해야 한다는 주장도 있다. 나도 그 인식에 동의하는 사람 중 하나이다. 철학, 즉 '필로 소피'란 말은 원래 그리스어의 필로소피아(philosophia)에서 유래하며, 필로는 '사랑하다.', '좋아하다.'의 뜻이고, 소피아는 '지혜'라는 뜻이다. 필로소피아는 지(知)를 사랑하는 것으로 애지의 학문이 되는 것이다. 인간이 영혼을 잘 가꾸는 지혜를 사랑하는 것으로 철학하는 것이다.

현장에서 교사를 만나며, 나를 보게 되고 그들의 모습에서 나는 어떻게 어린이집에서 살아가야 하는지를 자문해 본다. '과연 나에게는 어떤 철학이 있는가?' 그리고 '나는 교직원, 아동, 부모를 대할 때에 어떠한 철학을 갖고 대할 것인가?'라는 물음은 꼬리를 물고, 계속해서 나를 깊이 바라보게 하는 중요한 질문들이다. 또한, 이 질문은 교사라면 누구나 자문해 보아야 할 질문이기도 하다. 다른 사람에게 기준을 제시하기 이전에 나를 먼저 이러한 물음 앞에 중심을 두는 것. 오늘 나는 이것에 관하여 교사들과 대화하고자 한다.

어린이집에서 살아 낸다는 것

"원장님. 저 이번 달까지 일하고 그만두려고요…."

"어머! 선생님…. 무슨 일 있나요?"

"아니요. 원장님. 그냥 오랫동안 생각했었어요…."

"사실 저…. 임용 공부를 예전부터 하고 싶었어요. 자신은 없지만 더 잘되도록 노력하려고요…."

"그래요…. 선생님 자신도 더 잘되는 길이라고 생각한 거네요."

"그런데, 이렇게 좋은 사람들과 다시 만나서 일할 수 있을까가…. (울컥거리며 울음을 터뜨리며) 원장님 정말 고마웠어요…."

일화(2015. 12. 15.)

정 교사를 만나면서 문득, 어린이집 교사 생활이 쉽지 않았던 교사 시절의 내가 떠올랐다. 어린이집에서 살아 낸다는 건 쉽지 않은 일임은 분명하다. 그리고 교사의 퇴직은 여전히 내게 힘든 일이다. 알든 모르든, 주어진 상황에서 마음을 다해 가르치고 성장하도록 지원했던 나로서는 그 사람의 공간을 비우는 일은 여전히, 아직도 어렵다.

'극한 직업', '보육교사의 스트레스', '아동학대', '적은 보수' 등 '어린이집 교사' 키워드로 검색을 하면 연관어로 볼 수 있는 단어들이다. 이 단어들의 공통점은 '부정적인 뜻과 이미지'로 볼 수 있다. 이러한 이미지를 연상하는 단어들을 접할 때마다 밀려드는 불편하고 안타까운 감정 그리고 의문점. 이와 달리 지금까지 내가 만나 본 어린이집 교사와 원장은 하나같이 순수하고 열정적이며 선한 사람들이었다.

유치원 교사로 첫출발을 했던 내게도 어린이집이 낯설 때가 있었다. 그러나 '힘든 직장'이라는 이미지 이면에는 그것과 비교할 수 없는 점들이 지금껏 어린이집과 살도록 만들었다. 이유로 여러 가지를 꼽을 수 있겠으나, 가장 큰 매력은 좋은 사람들과 함께 직장생활을 한다는 점이었다. 선한 사람들과 직장생활 할 수 있다는 것이 나는 참 즐겁고 만족스러웠다. 이렇듯 만족의 근거는 화려한 복지나 안정적인 급여도 아니었다. 그저 좋은 사람들과 일할 수 있는 직장이 어린이집이었다는 것, 그 이름이 나를 오늘도 이곳에 머물게 한다. 교사, 아이 그리고 아이와 함께 놀며 울며 웃고 사는 놀이터를 좋은 일터로 삼고 살아 내는 사람들, 그것이 바로 어린이집 '일터'였다.

"제가 오늘 휴가를 사용하면 동료 선생님이 힘들 것 같아요."

"괜찮아요, 저 좀 아프긴 한데 금방 병원 다녀올게요."

교사들의 어린이집 생활을 들여다보면 마음이 아플 때가 한두 번이 아니다. 내가 누릴 권리보다 동료 교사에게 피해가 될까 봐 학부모님이 민원을 낼까 봐 노심초사 마음을 쓰는 교사들. 그들의 어린이집 살아 내기를 지켜보면서 나는 조금이라도 유익한 것은 무엇인지를 어떤 것보다 시간 할애를 많이 해 왔었다.

　원장이 되어서도 직장생활을 하는 구성원 다수에게 유익이 되는 점을 고려하고, 모두에게 공정한지를 고민해 보며 좋은 방안을 찾는 과정은 쉽지 않았다. 특히 경쟁적인 분위기가 압도적인 우리나라 조직문화에서는 더욱 그렇지 않은가. 그렇다면 구성원들 서로에게 유익이 되는 방향으로 흘러가려면 무엇을, 어떻게 해야 하는가? 아니 그렇게 하려면 무엇에 집중해야 할까? 이러한 물음에 교사와 나의 관계를 놓고 다시금 생각해 본다.

　나와 교사는 함께 어린이집을 살아 내는 동지이자 협력해야 할 대상들이다. 나는 얼마나 교사들의 경험과 어린이집 생활의 고충을 이해하고 있는 원장인가? 교실에서도 어린이에게 도움을 주려면 교사는 먼저 그 아이의 상황을 자세히 관찰하고, 이를 토대로 이해하는 게 마땅하다. 어린이집 조직문화에서도 다양한 직군의 종사자들이 함께 일한다. 직군별로 업무의 특성이 있고, 그 안에 교사 개개인의 선호도, 삶에 대한 태도 등 각각 존재로서의 교사들을 깊이 들여다보기 시작하면 금세 차이를 인식할 수 있다. 사실 그런 발견이 가능하게 하려면 원장에게는 그렇게 할 시간과 노력이 요구된다.

　겉으로 보기엔 원장이 먼저 교사 그들의 유익을 구하는 듯 보이지만, 사실은 그 열매로 풍요로운 어린이집 생활을 누리는 수혜자인 것을 볼 수 있었으면 좋겠다. 원장으로 살아 낸다는 것만큼이나 고독한 일이 또 있을까 싶을 때도 있었다. 하지만, 한 사람이라도 고마워하고 진정으로 성장하는 교사를 볼 때 원장으로서 느끼는 그 희열감은 무엇과 비교할 수 없었다. 아무리 힘들어진 현장이고 너무 각박해져 운영하기

　　　　　　　　어린이집과 살며 가르치며 꿈꾼 성찰일지

어렵다고 말하는 현실이지만, 그래도 교사들이 좋고, 아이들이 좋아 여기에 머물며 또 보내는 하루이기에 고마운 오늘이다.

'기다림'을 알아가며

선생님의 수업을 보며 '아 저렇게 하면 되겠다.' 싶은 부분들이 많았어요. 그리고 아이들의 모습에서 저마다 열심히 집중해서 놀이하는 것 보니 '선생님들이 평소에 아이들을 믿고 정말 잘 기다려 준 것이 아닌가.' 그런 생각이 들었어요.

동료 장학 평가회에서(2021. 9. 3.)

어제는 '동료 장학과 피드백' 시간을 가졌다. 평가회를 통해 교사들의 생각도 듣고, 이때마다 나는 평소에 교실의 모습이나 아이와 교사의 관계, 아이와 아이의 놀이 등을 관찰해 두었던 이야기를 나누었다. 그 날 나는 민 교사의 특별한 변화를 발견했었고, 그 생각을 교사들에게 공유하였다. 올해 3월에 보았던 민 교사는 9월의 모습과 사뭇 달랐다. 아이들과 교사들이 교실에서 여러 부딪힘 속에 어떻게 이렇게까지 안정적이고 놀이에 편안하면서도 몰입할 수 있는지를 큰 '감동'과 '희열'까지 느끼게 되었다.

평가회 시간에 나는 어떤 말을 할까 잠시 고민하다가 '교사의 기다림'에 대하여 이야기를 꺼냈다. 교사와 아이 사이에서 나의 기다림. 그 안에서 교사가 변화되어 가는 모습을 기다려 온 인내의 시간. 이는 원장으로 살아갈 때도 흔히 경험해 온 부분이었다. 사전에 '수업장학'이나 '교사 세미나' 시간을 통해 교사들에게 피드백을 제공하는 예도 있었고, 비공식적으로 필요할 때마다 해당 학급의 교사와 만나서 교육과정에 관한 이야기를 나누기도 했었다. 즉시 개선해야 할 부분도 있지만, 대다수는 교육과정을 실행해 나갈 때 요구되는 교사의 역할이었기에 단번에 해결하기 어렵고 많은 시간이 걸리므로 나에게는 교사를 신뢰하고 기다리는 시간이 필요했었다.

'좋은 기다림은 무엇일까?' 때때로 내가 교사들에게 기대했던 만큼 혹은 그 이상으로 교사들은 새로운 실천을 해냈고 가능성을 보여 줄 때가 많았다. 만약에 기다림을 선택하지 않았다면, 그러한 교사들의 모습을 볼 수 있었을까 싶다. 경험으로 확실하게 추진하며 이끌 때도 있지만, 원장으로서도 모호하고 확실하지 않은 것에 대한 '판단 중지', 즉 시간을 두고 판단을 유보하는 것이 더 나은 상황도 경험했었다. 지금도 '교사들에게 한 나의 행위가 옳은 것인가?'에 대해 또 고민할 때가 있다.

원장으로서 교사들을 기다린다는 것은 많은 '인내', '오래 참음'을 필요로 한다. 누군가를 기다릴 수 있는 것은 그 사람에 대한 가능성을 믿는 것, 해 줄 것이라고 기대하는 것 등 기다릴 전제조건이 되어야 할 수 있는 행위일지도 모르겠다. 이런 기다림은 누구에게나 기대할 수 있는 기다림의 범주, 범위 즈음이 아닐까 싶다. 인간관계에서 기다림이 성립되기 위해서는 전제조건이 있어야 한다고 가정한다면, 역으로 기다릴 수 없는데도 조건이 있는 것일까? 기다림을 행하지 못하게 하는 요인이 타인이 아닌 나 자신이라는 생각도 해 볼 수 있다. 오늘 아침 나는 후자에 중심을 두고 상고해 본다.

박사과정 시절에 몇 개월 동안 인성 프로그램을 개발한 적이 있었다. 기억을 더듬어 보면, 인성은 내가 옳다고 믿은 것을 선택하여 그것을 행동으로 옮기는 가운데 '되어 가는 것(becoming)'이라고 했던 것 같다. 가르침도 유사한 맥락에서 말할 수 있을 것이다. 나는 원장으로서의 직무를 하면서 교사들에게 가르침을 해야 한다고 생각하고, 내가 교사들에게 행하는 코치 방법이 나의 신념을 담아낸다고 생각한다.

그 가르침 속에서 어디까지가 인성이고, 어느 부분까지가 원장의 가르침인지 혹은 역량인지 명확하기 구분 짓기 어렵다. 단지 나의 교육적인 선택과 행위가 함께 사는 구성원들, 공동체에 더 좋은 영향력으로 향하길 바랄 뿐이 아닌가. 나를 지켜보는 교사들이 그중에서도 좋은 것들을 받아들여 가랑비에 옷 젖는 듯 체득해 갈 수 있다면 그것으로도 내게 의미가 있다. 나도 나 자신을 기다려 줄 공간이 필요하고, 그 공간을 만들어야 함을 생각해 본다.

어린이집과 살며 가르치며 꿈꾼 성찰일지

어린이집 살림살이

맨날 숙제 같은 느낌을 지울 수 없다.

"엄마! 싫어. 싫다고~~(소파에 벌러덩 누워, 두 다리를 허공을 향해 발길질하며 소리를 치는 산이.)"

"결국, 내가 볼 땐, 너는 숙제를 매일 하지 않잖아."

"그래도 선생님은 매일 해라고 해서 싫어."

"그럼. 매일 숙제를 해야 하기 때문에 싫은 거구나!"

"그럼. 오늘만 안 하면 안 돼?"

"그거야. 네가 하기 싫으면 안 하는 게 숙제지. 하지만 엄마는 네가 성실하게 했으면 좋겠어."

"그래도 매일은 지겹고 싫어."

"그렇다면 월요일부터 금요일까지 중 하루는 할 수 있다는 말이네?"

"그럼. 두 번은 할 수 있겠니?"

"응! 그건 할 수 있어."

"그래 좋아. 일주일 중 두 번 숙제하는 날을 정해 봐."

"오케이~(누워 있던 자리를 어느새 털고 일어나 씩~ 미소를 짓는다.)"

"하긴. 엄마도 매일 하는 숙제는 지겹더라. 그래도 산이는 엄마 아들이니까 하기로 한 날은 열심히 했으면 좋겠어. 그건 엄마 바람이고."

"그럼~ 당근!"

일화(2017. 11. 23.)

원장이 되고 보니 연간, 월간, 주간, 매일 해야 할 일들이 숙제와 같이 지겹게 느껴질 때가 종종 있다. 열심히 해 온 것 같은데 일상의 변화를 일으키지 못하면 '내가 그간 무엇을 한 거지?'라며 자신을 스스로 자책할 때도 있는 게 사실이다. 그렇다고 그 일을 실행할 때 목적이 불명확해서, 의지가 없고 열정이 없었던 것도 아닌데 결과에 주목하다 보면 과정에서 행했던 일들이 묻히기 쉽다. 어린 애들이 그들의 선택과 상관없이 주어지는 숙제와 같이, 뭐라 딱히 말하기는 어려우나 숙제가 풍기는 분위기와 흡사하다.

이런 생각을 하다가 교사들은 이 업무를 어떤 의미로 받아들이고 있는지가 궁금해졌다. 매년 해 왔던 일이어서 거침없이 술술 풀어 갈 수는 있겠으나, 이 과정을 겪으면서 무엇을 생각하는지는 모를 일이다. 그래서 그날 나는 교사들에게 이것에 대해 질문을 하게 되었다. 선생님이 생각하는 교육과정은 무엇인지, 교실에서 그 교육과정은 어떤 의미인지, 그 교육과정에서 아이들의 놀이는 잘 드러나는지, 그 교육과정을 운영하면서 교사로서 무엇을 느꼈는지 등. 예상은 했지만, 이 질문을 받은 교사는 왜 이 질문을 하는지 궁금해하면서도 매우 당혹스러워하는 표정이 역력했다. 사실 나 또한 상상만 해도 머리가 지끈거림을 느낀다.

'어린이집 살림살이'는 원장이 주도해서 하는 줄로만 알았다. 그런데 원장의 연수를 더 해 나가면서 '함께'의 의미를 더 주목하게 되었다. 운영은 나만 하는 게 아니라, 교사는 교실을 운영하고, 한 개의 교실이 모여 5개의 학급, 10개의 학급을 운영하는 교육공동체가 함께 어린이집의 이름으로 운영됨이 깨달아졌다. 참 더디게 학습하는 사람이 나라는 사람인가 보다. 원장인 내가 어려운 과제처럼 느낀다면, 교사들은 어떨까 싶다. 서두에 제시한 일화에서, 산이가 바라보는 '숙제'의 무게는 그 아이만의 문제가 아니다. 부모도 아이가 어떤 방법으로, 언제까지 해낼 것인지를 살피고 협의해 나가야 할 몫이 있는 것이다. 함께 즐겁게 할 수 있는 일터가 되면 얼마나 좋을까. 나도 오늘은 이러한 마음을 회의 시간에 진솔히 나누어 보려 한다.

총량에 대한 생각

항상 일을 해 나갈 때 우선순위를 정하고, 미리 챙겨서 일을 해 나가는 것이 습관이 된 나는 새로운 일이 동시다발적으로 발생하는 어린이집 현장에서도 어느 정도는 승산이 있다고 생각해 왔다. 그건 신입 원장일 때의 말이다. 경험이 쌓이면서는 그 하나의 일, 하나의 경험이 어떤 무게를 갖는지, 어떤 사안인지에 따라 문제를 풀어 가는 방식이 달라지고, 이전의 경험이 오히려 걸림돌이 되기도 한다. 공부와 육아만 할 때는 신중히 사유하며 하는 것이 중요했다면, 현장에서는 빨리, 그리고 실수 없이 정확히 해내는 것이 중요하다는 것이다. 우려했던 내가 하지 않은 일에 대해 점검받을 때는 그 압박감이 고조로 달한다. 오늘은 어떻게 이 일을 해내야 할까? 괜찮을까? 어떤 게 최선일까 등.

성찰일지(2017. 9. 29.)

'회계 점검'과 '비품 조사' 건으로 연휴 끝에 혼자서 야근하던 날. 연휴를 보내고 온 터라 어느 때와 달리 몸은 더 무겁게 느껴지고, 평소와 달리 힘들어 보이는 교사들의 표정. 나의 눈에 훅 들어온 그늘진 표정이 금세 마음을 둔하게 만드는 듯한 날이었다. 이러한 상황에 있을지라도 직장에서는 근무자로서 마땅히 해야 할 일들이 있고, 그 일은 기한이 정해져 있기도 하다. 일의 성격에 따라 차이는 있으나, 일마다 소요되는 예상 시간을 추측하고, 그 시간에 따라 일과를 주어진 일들이 어느 정도는 예상할 수 있다. 이렇게 다양한 일들을 처리하다 보면 일마다 효율적인 방법을 고민하며 찾게 된다. 이러한 경험치로 어린이집에서 다루는 일들은 어느 정도로 기울여야 할 필요한 총량이 있다는 것을 경험 때문에 어느 정도는 가늠할 수 있게 되었다. 뭐라 딱히 확정 짓기는 어려우나 이름을 짓는다면, '일의 총량'으로 표현할 수 있다.

그런데, 한 분야에서 경험을 쌓아 온 나도 낯선 과제와 사뭇 다른 일을 직면하게 될 때 일의 총량이 예측되지 않을 때가 있다. 예측 불가능한 안전사고나 아동학대 이슈들이 그 예이다. 그 일에 필요한 절대적인 시간의 양을 모르기도 하고, 예측하기도 어렵다는 이유 등으로 야근을 수동적으로 받아들일 때가 왕왕 있었다. 이때, 각자의 직급과 고유한 업무의 특성의 차이도 있지만, '모두에게 절대적인 총량의 법칙이 적용되는가?'를 의심해 볼 필요가 있다.

만약 절대적인 양이 필요하다면 업무를 분석하여 불필요하거나 줄여도 되는 것은 최대한 간소화하는 게 필요하다. 또한, 직무마다 일의 양과 질이 다를 수 있다. 일의 특성에 따라 '적재적소'에 배치하는 그것만큼이나 시간의 총량을 가늠해 보고, 이에 따라 교직원이 시간을 쫓기지 않고, 잘 실행해 나가도록 중간에는 점검을 하고 다시 되어 가도록 조정하는 과정이 반드시 있어야 한다. 그렇지 않고서는 퇴근 후에

누려야 할 사적인 자유는 보장할 수 없을지도 모른다. 이를 다른 관점으로 해석하면 어린이집에서 '최소한의 예측'을 확장해서 고려해 보는 것은 교직원 전체, 그리고 개인의 사적인 시간을 '여유의 공간'을 만들고 확보하는 도구로 작동할 수 있는 것이다.

한편으로는 '일의 총량에 대한 구상 혹은 예측을 했던 일인지'를 자성해 볼 필요도 있다. 나의 경험에서 견주어 보면, 대부분은 급한 일을 해결하고자 분주히 쫓아다니다 보니 찬찬히 되짚어 보는 시간이 상대적으로 소홀했다는 것을 발견하였다.

분명 어디에서부턴가 자료의 리스트 관리가 안 되었다든지, 적어도 한두 사람은 업무를 진행하면서 문제를 발견했을 법한데 그 문제를 대수롭지 않은 일로 터부시했을 '틈'이 있었을 것이다. 이런 해석을 부자연스럽게 느낀다면 나의 관점이 불편할지도 모르겠다. 중요한 것은 매해 점검과 평가는 있었다는 점이다. 그 사실에 근거하여 우리는 어떤 예측, 어떤 평가를 했었고, 무엇을 해 왔던 것인지에 관하여 자성해 보아야 할 것이다.

이러한 과정이 없으면 올해도, 다음 해도 반복적으로 그저 위로부터 주어지는 일이니 그냥 해야 하는 일이 될 가능성이 크지 않은가? 점검이나 평가의 목적이 사라지고, 수동적으로 받아들이는 형식적인 점검은 우리에게 무슨 유익이 있는가? 그러한 조직은 건강한가? 지금껏 이러한 질문을 하지 않았다면, 지금 해 보면 될 것이다. 이러한 해석은 현상을 조금은 다르게 보는 나의 관점에 문제 제기할 수도 있다. 하지만 이 문제를 어떤 식으로 풀어 갈 것인지를 오늘 회의를 통해 교직원들과 논의해 보아야겠다.

짧은 대화가 남긴 여운

"산별아, 안녕? 어제보다 따뜻한 아침이야."
"원장님! 근데 산타할아버지가 집어치우라고 말하는 게 적절한가요?"
"아, 무슨 일이 있었나 봐요…?"
"아이가 어제 말하더라고요. 아이는 웃겼다고는 하는데, 동생에게 계속 반복해서 말하고, 오늘도 몇 번이나 이야기했어요!"
"그러게요…. 어머니 마음도 많이 불쾌하셨겠어요…."

일화(2017. 12. 21.)

오늘 아침 나는 오랜 시간 동안이나 기다려 왔던 산별 엄마와 대화를 하게 되었다. 산별 엄마는 성탄 맞이 행사를 하던 중에 산타할아버지가 카드를 읽어 주다가 생긴 일을 아이에게 전해 듣고, 산타할아버지 역할을 한 사람이 부적절한 말을 했다며 원장인 나에게 전화로 항의를 했다. 문제 해결을 위해 당사의 상황에 있었던 관계자들을 만나야 했고, 그들의 말을 들었다.

교사들의 이야기를 들어 보니, 산별 엄마가 항의한 말에 다소 과장된

부분이 있었으나, 엄마로서 느꼈던 당시의 불쾌한 감정에 옳고 그르다는 잣대를 드밀 수 없다. 그 상황을 잘 아는 교사와 도와주시는 산타할아버지 역할을 하신 분에게도 어떤 일이 있었던 것인지를 다시 들었다. 교사는 별 뜻 없이 했던 말이었는데, 아이의 말로 전해 들었던 부모는 마음이 상한 것이다. 결국, 교사는 아이에게 나쁜 의도로 한 말이나 행동이 아닌데, 오해를 일으켰고, 교사와 부모와의 관계에도 적신호를 주게 된 경우였다.

이로 인해 불필요한 일을 겪을 수 있음을 조곤조곤 당사자들을 개별적으로 만나고 전화로 소통하였다. 그러고 보니 아침의 전화 한 통으로 반나절이 훌쩍 지나 버렸다. 이처럼 다양한 경험을 가진 부모가 어린이집을 이용하다 보니, 개개인의 관점에 따라 상황을 바라보는 해석의 차이가 발생하는 사례가 정말 많다.

사실 당시의 상황을 전혀 몰랐던 나는 신벌 엄마가 등원하면서 퍼붓는 말들을 일방적으로 받아 낼 수밖에 없었다. 하지만 이유가 어떠하든 간에 자연스럽게 원장을 만나 개선해 달라고 요구했으니 엄마로서도 속 시원하지 않았을까 싶었다. 일례긴 하나, 어린이집 현장에서는 이런 일들이 비일비재하다. 대부분은 어린이집 교사나 원장의 사과로 해결되나, 문제 해결을 해 나가는 과정에서 감내해야 할 감정의 무게는 절대 가볍지 않다.

이처럼 현장에서는 같은 사태일지라도 그 상황을 겪은 사람들의 해석은 저마다 다른 경험을 할 때가 있다. 다른 한편으로는 그런 마음조차 생각 속에 가둬 놓고 말하지 않았다면 몰랐을 텐데, 그런 마음을 나에게 표현해 준 것만으로도 관계 맺기가 진전되었다는 생각에 안도감을 느낄 수 있었다. 그렇게 시작된 대화는 일반적인 상담보다는 짧았으나, 먼저 말을 건네준 엄마의 말은 의도가 다르긴 했어도 만남을 이어 가는 절호의 기회인 것은 분명했다.

그러면서 그해에는 산별 엄마의 가정에 새로운 사업이 시작되어 더 바쁘다는 것, 재능기부로 참여 기회가 있을 거라는 말을 하며 정보를 알려주고 권유한 것 등 소기의 성과를 얻은 셈이었다. 이렇듯 만남은 예상하지 못했던 방향의 말을 할 수도 있고, 그 말에 응하면서 타자의 얼굴을 마주하며 나는 타자에게 한 존재로 맞닥뜨리게 된다.

오늘 산별이 엄마와 만난 시간은 불과 5분도 안 될지도 모른다. 기다린 시간이 길었고, 간절했던 내 마음이 전해진 걸까? 산별 엄마의 눈빛 속에 불평스러운 말을 해도 '나도 선생님을 만나고 싶었어요.'라는 메시지가 울려 퍼지는 것만 같았다.

어디까지 절제해야 할까?

이것까지도 참아야 하는 걸까? 내가 겪는 불편한 감정들, 리더니까, 원장이니까 감내해야 할 영역이라며 얼른 마음을 추스르는 게 자기관리를 잘하는 사람으로 비치는 건 아닐까. 감정의 절제. 내가 지켜야 하고 넘지 말아야 할 그 선은 나만이 안다…. 어린이집 현장에서는 그 감정을 쉽게 표현할 수 없기에 원장도 무언가의 숨 쉴, 여유를 누릴 '공간'을 만들 수 있어야 한다.

성찰일지(2021. 4. 12.)

이기기를 다투는 자마다 모든 일에 절제하나니
그들은 썩을 승리자의 관을 얻고자 하되
우리는 썩지 아니할 것을 얻고자 하노라.

- 고린도전서 10장 25절

부모님께서는 살아 계실 적 내게 '고생'이 '재산'이라는 말씀을 종종 하셨다. 이러한 말은 어릴 적부터 부모님이 하셨던 말씀이기도 했기에 그런 나에게는 전혀 낯설지 않다. 지금까지 경험해 본 고생에는 항상 절제가 따랐다. 돈, 시간, 여가 등. 요즈음 나는 동시대에 살아가는 사람들 안에서 한 단어가 은유하는 의미의 차. 그 온도의 엄청난 차이를 겪으며 살고 있음을 느낀다. 지금 고생하는 것이 재산이라고 산이에게 말한다면, "그건 엄마 때고, 고리타분한 말이야. 라떼 소리 그만해."라는 대답을 들을지도 모르겠다.

지난 성탄절 이브 날, 아주 오랜만에 동네 조그마한 서점에 들렀다. 윤동주의 자필 시집 묶음을 발견하고는 반갑게 손에 들었다. 몇 해 전 아들과 놀이동산에서 윤동주 시인의 '바람, 꽃, 시화전'을 만끽했던 초가을이 기억났다. 그때의 향기가 묻어나는 듯한 시집의 표지와 서체가 눈에 들어왔던 터라 더욱 반가웠다. '시집' 장르도 도서 코너에서 베스트셀러, 스테디셀러 위치에 오르기는 쉽지 않은 것도 사실이다. 어찌 보면 매력적이지도 호감을 불러일으킬 법한 것도 아닌 것에 나는 마음이 머물러 있다.

어린이집에서 많은 일에 치여 지치다 보면 마음에 온기를 불어 넣는 시집이 위로가 되고, 다른 장르의 책보다 좋게 느껴질 때가 있다. 이런 생각은 평소에 시집에 대한 경험이 반영된 영향 때문일 것이다. '고생'에 대한 생각도 마찬가지다. 고생도 고생을 해 본 사람만이 그 속에 참 의미를 알 수 있다는 말이 이제야 와닿는다. 고생도 시대에 동떨어진 낱말일지 모르겠다. 이제는 감히 추억이라는 이름에 포장해서 올려 두지만, 결코 다시 돌아가서 살아가라고 하면 당장 그 말을 취소하겠지만 말이다.

문득, 유아교육 현장에서 교사와 원장은 무엇에 고생스러움을 겪는지, 그들에게 어려움은 무엇인지 등의 질문을 던지게 되었다. 사실 나는 눈에 보이는 것들을 말을 통해 전달하고, 가르치는 것이 재미있고 흥미롭다. 일이 갖는 보람이 있어도, 일의 어려움이 사라지는 건 아니다. 교육자로서 살아가는 교사는 삶의 한 부분, 일순간만 가르침을 행하는 것이 아니라, 특정한 지식을 교육받을 대상인 학습자에게 긍정적인 영향력을 발휘하며, 아는 것을 행함으로 '잘 실천하기'란 무진장 어려운 일이기도 하다.

교사들의 업무를 살피면서 "선생님! 이 일은 이렇게 하는 게 옳아요."라고 당당히 말할 때도 있지만, 정작 나의 말이 옳지 않을 때가 있다. '가르치는 사람'은 듣는 것보다 먼저 말하기 쉽다. 더욱이 교사가 학습자에게, 원장이 교사에게 하고 싶은 말을 넘추고, 침묵하기란 더 어렵지 않은가? 가르치는 판단을 중지하는 것 그리고 그 판단을 유보하는 것. 어느 것 하나 쉽게 할 수 있는 건 없지만, 가르침을 받는 교사에게 한 부분이라도 말로 쏟아 놓기 전에, 분명히 소통해야 할 말을 숙고하는 시간이 있는지 의심해 볼 필요가 있다. 나는 그것을 '절제하는 힘'이라고 생각한다. 특히나 말을 절제하는 것은 원장에게는 어려운 일이다. 긴박하게 운영되는 어린이집 현장에서 원장은 하루에도 수십 가지를 전달하고 실행하도록 지시할 부분이 있다 보니 쉽지 않은 일이다.

학부모와의 관계에서도 마찬가지다. 원장으로서의 '옷'을 입고 현장에서 일하다 보면, 자꾸만 지시하고 가르치고 설명하려고 달려들기 쉽다. 그러한 말이 정당하고 옳을 때도 있지만, 그 옳음이 관계의 벽을 만드는 요인이 되는 것도 간과해서는 안 된다. 그런 의미에서 볼 때, 원장으로서 말을 절제하는 일은 단순한 행위를 넘어선다. 교사들에게 그것은 그렇게 하는 것이 바람직하지 않다고 내가 생각하는 지식을 전달하는 순간, 그 지식을 듣는 교사들은 수동적인 존재로 전락할 수밖에 없지 않은가?

아니면 왜 그것을 그렇게 해야 하는지를 궁금해하고, 고민하는 교사로 열어 두기 위해서 나는 무엇을 할 수 있는가? 지금도 유순히 받아들여지지 않는 '절제'이지만, 말하고 싶은 것을 내려놓고, 그들이 무엇을 말하는지를 말하고 싶은 만큼의 열정으로 들어보려 한다. 이런 내 생각, 마음의 소리를 어떻게 잘 전할 수 있을지 고민이 된다.

뭘 어떻게 해야 할까?

"모르겠어요…. 그런데 저는 아직, 원장님처럼 그런 원장은 안
될 것 같아요."
"에이. 내가 뭘…. 선생님은 나와 다른 강점을 가진 사람이에
요."
"제가요…? 그렇게 생각해 주셔서 감사합니다."
"진짜 그렇게 생각해요. 난…."
"그런 선생님들이 나와 함께하기에 내가 좋은 리더가 될 수 있
는 거로 생각해요."

일화(2021. 7. 13.)

원장은 어린이집 현장에서 역할을 하면서 어떠한 경험을 하는가? 관
리자, 경영자, 운영자, 대표자 등이 원장을 일컫는 용어로 사용되고 있
다. "원장은 어떤 역할을 하는 사람인가?" 여러 역할이 중요하지 않은
게 아니라, 나는 원장도 연구자의 태도로 살아야 한다고 생각해 왔다.
여기서 말하는 연구자는 어떤 의미로 사용되는지를 말하게 되면, 내가
왜 원장이 연구자여야 하는지를 밝히는 것과 긴밀히 연결되어 있음을

알아차릴 수 있을 것이다.

유아교육 기관의 장인 원장은 원장 직무를 수행하면서 어떠한 경험을 하는가? 이에 관한 연구는 소수에 불과하지만 이뤄져 왔다. 기존의 연구에서 사용한 원장의 변혁적인 리더십 혹은 리더십은 교사의 직무나 역할을 이해하고 돕는다는 긍정적인 측면에 원장의 역할을 밝혀 주고 있다. 내가 교사에서 원장으로 되기까지 경험한 원장은 다양한 역할을 옆에서 보아 왔다. 원장은 각자의 경험에서 이미 지나 버린 것에서부터 어떤 것을 선택하고 앞으로 다가오게 되는 것들의 변형시키는 것이었다.

어린이집 현장에서 원장은 운영에 자신의 이전 경험과 삶을 반영하기 마련이다. 교사는 가르치는 사람일 뿐 아니라 배우는 위치에도 놓이는 연구자라는 생각을 해 왔다. 이 같은 관점은 원장으로서 직무를 수행할 때에도 이 생각은 연결되고 파생되며 연속되어 온 것이다.

연구자인 원장은 교사들의 교육적인 고민과 행위를 관리하는 자의 위치에서 업무를 지시하는 역할보다는, 그 역할을 하면서도 현장에서 생성되고 있는 문제를 함께 고민하는 사람으로서의 바라보아야 한다는 점이다. 교육적인 고민이나 수업 장면에서의 역할 갈등, 불만을 토로하는 부모와의 관계 문제를 접하게 된다면, 연구자로서의 원장은 어떠한 역할을 해야 할까? 이 같은 물음에 답하는 것은 내가 원장으로서 살아감에 있어서 매우 중요했다.

연구자의 역할이 따로 규정되어 있지 않기도 하므로 원장으로서 살아가는 과정 안에서 복잡한 일들 속에 매번 나는 어떠한 선택과 판단을 해야 하는지를 성찰해야 했다. 그리고 교사가 교실에서 교육적인 고민을 하듯이 원장이 되어서도 고민은 그치지 않았다. 오히려 더 많은 시간을 적극적으로 해결하고자 노력해야만 했었다. 한 편의 논문을 작성하려는 연구자는 고도의 집중력과 사력을 다해 자료를 조사하고, 텍스트 이면의 의미를 발견해야 하듯, 심도 있게 현장을 살피는 실천이 따르는 것이다.

선행연구에서는 이를 어떤 관점을 보고 있는지, 어떠한 논의가 되어 왔는지, 이론에서 이야기되어 온 부분이 실제로 나의 삶에서, 교육현장에서는 어떤 연결성이 있고, 가능성이 있는 것인지 등. 마치 원장은 관리자의 역할만 해도 되는 것이라는 인식이 팽배하다. 원장이 되는 순간 '이제는 교사와 달리 관리자입니다.'라며 교사와 다른 관계임을 규정짓는다. 그리고 관리자로서의 역할만을 강요받는 건 아닌지, 자성해 볼 부분이다.

원장의 역할이나 임무를 '리더십', '운영자'라는 틀 속에만 고착시키고, 고정적인 시선으로 원장을 판단하고 있지는 않은가? 중요한 점은 원장은 교사와 다른 자격을 갖춘 사람이긴 하나, 원장은 교사의 일의 자리에서 더 넓게, 더 세밀하고, 더 깊이를 더해 나가는 역할을 등한히 해서는 안 될 것이다.

교사가 교육과정을 개발하는 사람으로 보듯, 원장도 어린이집의 구성원들, 아동과 교사, 부모와의 관계 맺기 속에서 좋은 교육을 만들어 가는 사람으로 보아야 한다. 왜냐하면, 원장은 주어진 지침이나 규정대로만 어린이집의 운영을 하는 일도 있지만, 교육의 본질은 관계 속에서 연구자이자 교육의 주체인 인간 스스로가 경험하고 체험하는 과정에서 의미를 만들어 갈 가능성이 열리기 때문일 것이다.

원장의 직무를 잘해 내려면 역량이 필요하다. 원장의 역량 중에 가장 중요한 것으로 두 가지를 꼽고 싶다. 첫 번째는 '인간에 대한 이해'라고 말할 수 있다. 만약 원장이 교직원이나 부모들에게 무엇이 유익한지 자세히 들여다보고, 그것을 정확히 눈치를 살피고, 알아차린 내용을 현장에서 실천한다면 반드시 변화가 일어날 것이다. 결국, 나라는 존재는 타자의 얼굴을 타자의 얼굴을 마주하며 '나다움'을 찾아가고, 끊임없이 변용하고, 감응하며 배치하게 될 것이다. 이러한 과정 안에서 '원장이 되어 가는(Becoming)' 존재로 더 가까이 다가설 수 있을 것이다.

　두 번째는 '대화와 관계'의 역량이다. 지난해 소논문을 준비하면서 인간의 '대화'가 생활에서뿐 아니라 교육에서 중요한 장치가 됨을 알 수 있었다. '프레이리'는 대화가 없으면 진정한 교육이 가능하지 않다고 하였다. 대화가 없으면 의사소통이 없어지는 것이고 이는 관계의 단절이기도 하다. 다시 말해 교사와 학생이 교육의 현장에서 학생들-교사들로 만날 때 대화가 이뤄지는 게 아니라, 교사가 먼저 학생과 무엇에 대하여 대화할지 자문할 때 시작된다는 것이다.

　또한, 교사는 교육계획에 의해 상호작용이 이뤄질 수는 있으나 어떠한 대화를 할 것인지를 고민하는 행위, 그 고민에서부터 교육적인 대화가 시작된다는 것이다. 대화는 창조행위라고 빗대며 어떤 사람이 다른 사람을 지배하기 위한 교활한 수단으로 기능해서는 안 된다. 그에 의하면, 사람과의 대화에서 세계와 인간에 대한 원대한 사랑이 없으면 존재할 수 없으며, 그 사랑은 대화의 토대인 동시에 대화 그 자체라는 말이다(Freire, 2002; 207). '사랑'이 타인과의 대화의 기본적인 전제가 되는 것을 다시금 상고해 본다. 어린이집은 따뜻한 돌봄이 필요하다고 늘 말했었는데, 우리의 돌봄에는 '사랑'의 토양이 있어야 함을. 그런 사랑의 대화를 아이와 교사, 그리고 학부모님과 시도해 보아야겠다.

어린이집과 살며 가르치며 꿈꾼 성찰일지

갈림길에 서다

날개

밧모섬 요한 사도의 발자국
완전한 증거

새살 돋길 바라던 숱한 나날
무거운 날갯죽지

멈춰 선 대지 위에
피어오르는 꿈 날개

높이 날아오른다.
고운 내 그림자

성찰일지(2018. 5. 30.)

아끼고 신뢰하던 교사가 갑자기 퇴사 소식을 알렸다. 개인적인 질병으로 긴급한 수술을 해야 되어서 다른 선택을 할 수 없다던 교사를 앞에 두고, 교사와 함께하며 꿈꾸며 기대했던 순간들이 떠올랐다. 교사를 만날 때 나는, 그 사람이 어떤 모습으로 성장하게 될지를 가장 많이 염두에 둔다. 교사에 대한 나의 기대는 희망의 날개를 단다. 그 꿈들은 겉으로 보이지 않지만, 어느 순간이 되면 아름답게 피어날 수 있는 꽃과 같다. 그런 눈으로 교사들을 바라보며 살아왔다.

그런 내 마음과 달리, 일상에서의 내 모습은 대체할 만한 후임 교사 채용의 일로 분주한 하루를 보내야 했다. 잠깐씩 남는 자투리 시간이 생길 때면, 한 장이라도 책을 읽고 글도 쓰고 싶은데 그런 일상은 상상조차 할 수 없었던 하루. 단적인 예로 볼 수 있겠으나, 이런 날이 보편적인 보육 현장의 일상이라고 해도 과언이 아닐 것이다.

최대한 빨리 대체할 교사 '구인'으로 막상 책 한 장 읽는 행위 자체가 호사스러운 일이 되어 버렸다. 그리고 금세 난 깨달았다. 책을 읽지 못하는 것은 시간이 없어서가 아니라 '여유'가 없다는 말이라는 것을. 만약에 내가 그릇이라면, 나의 그릇에 담을 수 있는 양이 정해져 있는 것이고, 그 이상을 채우려고 하면 이미 넣은 물을 밖으로 강제로 제거하거나, 앞으로 넣게 될 내용물을 더 그릇 속으로 넉넉히 넣어 넘치게 하는 방법이 있을까.

실제로 시간이 없어서이기도 하지만, 정말 한 줄의 글귀도 마음에 들어올 틈이 없다는 말이라는 생각이 든다. 바로 그 상태로 일주일을 어떻게 지냈는지 모를 일이다. 하나밖에 없는 아들, 아침 등굣길도 못 챙길 만큼 원장으로서 살아가는 것은 부모로서 사는 것을 앞선다. 맨날 오줌 마려운 사람처럼 종종걸음으로 1시간 넘는 거리를 다니다 보니 업무 외의 다른 '생각', '여유'는 어울리지 않는 말이 되었다.

그래도 원장에게 성찰의 시간이 중요함을 깨닫고 난 후로는, 매일의 일상에서 생각을 정리해 보고, 그날 실천해야 할 부분을 돌아보는 일만은 게을리하지 않으려 했었다. '원장으로서 난 무엇을 할 수 있을까?' 교사의 삶의 관점에서 바라보면 당연한 선택이리라 격려해야 하겠지만, 학급에서 교사의 부재로 인해 발생할 민원이 떠올라 달갑지 않은 것도 사실이다. 그렇게 힘겨운 시간을 버티어 냈고, 오늘에서야 내면에 웅크리고 있는 나에게 말을 건네곤 했었다.

교사의 입장에서는 일보다는 건강이 우선일 테고, 충분히 교사의 고백이 이해되면서도 여전히 섭섭한 마음은 달랠 길이 없다. 앞으로도 유사한 일들이 벌어질 가능성이 있고, 이러한 일들을 경험했다고 하더라도 자유로울 수는 없을 것 같다. 일과 관계에서 줄다리기는 앞으로도 계속될 것이다. 이번의 일도 그 범위에 들어간다. 인사관리 앞에서 원장은 신속, 정확, 처리의 범위를 벗어날 순 없다는 사실에 씁쓸해짐은 왜일까.

깊어지는 대화로

    오늘 아침에는 한 교사와 진지한 대화를 나누었다. 교사는 개인적인 질병으로 인해 부득이 병가를 내고 싶다고 하였다. 교사는 최종적인 결정에 앞서서 휴가를 사용해 전문의의 소견을 들을 계획이었다. 교사 개인의 문제는 곧 어린이집, 나의 문제로까지 확장되어 영향을 미치게 될 것이 예상되었지만, 교사가 겪고 있는 고통과 비교되지 않는 생각이 들었다. 교사로서 아이들과 관계를 더 지속할 수 없을 거라는 불안감, 자신의 역할과 의무를 다하지 못하기에 동료 교사에게 미안한 마음도 클 것이고, 이를 모두 감내해야 하는 원장에게도 미안한 감정으로 앉은 사람에게 원장으로서 나는 무엇을 해야 하는가? 나는 어떤 존재로 마주하고 있어야 하는가? 이 순간만큼은 나도 괴롭고 힘든 일이다.

    분명한 것은 문제의 실마리를 풀어 갈 명쾌한 해답이 없다는 사실이다. 인생의 문제로 고통스러워하는 교사를 마주한 나는 그저 그 사람의 관점에서 마음을 열어 고민을 이야기하도록 시간을 내고, 자리를 마련하는 것이 최선이었다. 번뇌에 쌓인 교사와 마주한 대화의 시간. 면담이라는 일지에 작성해 둘 주요한 이야기는 '병가에 대한 고민'으로 함축되고 그 시간의 대화를 한정된 글로 기록하다 보니 의미가 축소되거나 혹은 감화되었을 가능성도 있었다. 대화를 통해 교사 스스로 무엇을 어떻게 해 나갈 것인지를 분명히 알 수 있었을 것이다. 그날 교사와의 면담은 간단한 대화로 끝이 났다. 그리고 오후 휴가를 쓴다며 짧은 인사를 나눈 뒤에 자리를 떠났다. 이 같은 상황에서 원장으로 해야 할 역할은 무엇이며 그것은 왜 중요할까? 잠시 나의 행위를 되짚어 보게 된다….

교사와의 대화에서 나는 원장이기도 했지만 삶을 함께 살아가는 인간으로서 타자와의 마주침을 하고자 하였다. 이 만남에서 나는 연구자로서의 보기 좋아 보이는 실행(action)을 하지도 못했지만, 타자의 얼굴에 나의 존재를 '열어젖힘'으로 반응하였다. 이를 바탕으로 교사의 고민에 몰입해 나가는 그 시간 속에서 나는 타자인 교사와의 만남에서 그의 삶을 이해하고, 마주친 세상에서 새롭게 해석하고자 대화를 했을 뿐이다. 즉, 교사와의 만남은 교육의 한 부분일 수 있다는 생각이 들었다.

교사와의 대화는 대부분 문제 해결을 위한 목적으로 서로에 대한 배려와 여유를 주기 어려운 특성이 있다. 그리고 교사와의 대화는 더 좋은 방향으로, 더 좋은 의미로 재구성될 가능성을 얼마나 만들어 냈을까 의문점이 생겼다. 만약 타자의 얼굴을 마주 보지 않은 채 전화상으로 혹은 글로만 소통했다면 어떠한 결과가 나타났을까? 불난 집에 불의 영향력은 굳이 설명하지 않아도 되는 일이 아닌가. 원장과 교사와의 대화는 교육을 해 나가는 주체로서 서로에게 중요한 만남이라는 사실을 잊지 말아야 한다.

원장과 교사와의 대화는 교육해 나가는 주체로서 서로에게 중요한 만남이라는 사실을 잊지 말아야 한다. 오늘도 원장의 수많은 업무 리스트는 무엇인가? 혹시 많은 업무에 밀린 일이 '교사와의 대화'가 아닌지를 살펴볼 일이다. 어린이집의 일은 관계에서 해 나가야 할 일이 대부분이기 때문에 원장에게 '대화'는 핵심적인 도구가 될 수 있다.

"나는 오늘 교사들과 어떠한 대화를 교사들과 해 왔던가?" 그리고 "나는 지금 대화의 도구를 잘 사용하고 있는가?" "그렇지 않다면 무엇 때문에 그런가?" 등 오늘도 나에게 물어본다. 손에 잡히는 결과는 없어 보여도, 성찰일지에서 교사들의 진심 어린 고백들은 확실한 증명을 나타내는 듯하다. 지금도 교사의 글이 내 마음 깊은 곳에 남아 있다.

원장님과 만난 후, 일주일이란 성찰의 시간을 가지면서 내가 지금 당장 해야 되는 일은 무엇일까? 한 단계 성장하기 위해서 무엇부터 해야 될까? 그런 생각이 온통 머릿속을 가득 메웠고, 조급한 마음까지도 들었다. 하지만, 내가 지금 해야 되는 일이 내일도 마주하게 될 아이들의 눈빛이 어디에 닿아 있는지, 나에게 무엇을 원하는지를 찾아내는 것이 더 중요하다는 생각이 들었다. 한 아이의 엄마이자 많은 아이들의 선생님으로서 이 아이들의 요구, 흥미, 느낌, 생각을 존중하려고 노력하고 특히 나의 언어, 생각, 행동에 더 신중을 기할 필요가 있음을 가슴 깊이 느꼈다.

최 교사의 성찰일지(2019. 5. 17.)

결국, 나 자신과의 싸움이지 않은가?

목소리[6]

미움 받을 걸 알면서도
말할 수 있어야 하는 것
배척당할 걸 알면서
사명을 외면하는 것이 더 두려운 것만
용기인 줄로 알았다.

나의 잘못을 숨기지 않는 것도
용기이고
나의 부족함을
나의 나 된 것을
그대로를 발현할 수 있는 것이
더 큰 용기임을 이제야 알았다.

성찰일지(2018. 6. 29.)

---

6) '목소리'는 원장으로서 나의 역할을 성찰하면서 쓴 시이다. 항상 최선을 다하려는 태도가 나 자신의 목소리를 듣지 못하고, 나 아닌 타인으로 향하는 목소리는 결국 나의 날개를 날지 못하게, 그림자로 전락하게 만든다. 어린이집 현장에서 숨겨져 있는 나의 날개도 마주할 수 있는 용기, 절실히 필요하다.

이틀 동안 진행된 '놀이 간담회', 그리고 뜻하지 않게 찾아온 어린이 안전사고. 어제는 유난스레 퇴근길이 낯설고 길게만 느껴졌다. 천근만근이 된 몸을 겨우 추스르고 의자에 앉는 순간 지쳐 있는 얼굴을 이제야 마주했다.

날마다 살아야 하는 하루는 정해져 있다. 그런데 이런 날의 하루는 곱절로 길게 느껴지곤 했다. 마음을 추슬러 보려 마시는 커피 믹스도 싱겁고, 스스로 느낀 시간은 여느 때와 달랐던 탓일 것이다. 그럴 만도 한 것이 요즈음 하루에 몇 시간만 겨우 잠을 잤었고, 장거리 운전을 1년 가까이 해 오면서도 원장의 자리가 무엇인지, 만족스러운지 물을 때 '좋은 일', '힘들지만 보람된 일'이라고 말해 왔었다. 그랬다. 지금도 이 일을 감사하고, 하나님이 나에게 맡기신 일로 생각한다. 이런 나도 가끔은 모든 상황이 거추장스럽고 헛되며 허망하게 느껴질 때가 있다.

어제가 바로 그런 날이었다. 원장으로서 살아가는 일을 환상적으로 여긴 적도 없었다. 원장의 자리를 '부르심'으로 받아들이고, 목숨을 다해 해야 하는 일로 확신에 찼던 나는 때때로 불만족의 요소가 느껴지더라도 괜찮은 일로 가볍게 넘기려 했었다. 그런데도 혼자만의 시간에 홀로 견디는 나 자신과 마주칠 때는 어김없이 쓸쓸함을 느낀다. 어떤 어려운 상황일지라도 그 상황을 해석하는 주체에 따라 다를 수 있음을 알면서도 어제는 모든 게 거추장스럽고 버겁게 느껴졌다.

사실 재원아의 안전사고가 발생하면, 원장보다 교사들의 정상적인 필터가 작동하지 못하므로 그들이 눈에 밟힌다. 당장 내일 있을 직무연수를 하라고 해야 할지, 평소의 상황에서는 아무런 의심 없이 제안하고 지시했던 일들에 괜스레 긴장하고 한 번 더 고민하게 되는 내 모습을 발견한다. 어찌 보면 안전사고 그 자체가 문제라기보다는 그 현상을 받아들이고 해석하는 나의 문제라는 생각이 들었다. 그간 쌓아 온 선한 공적들이 단 한 번의 일로 무너져 버리기라도 할까 쓸데없이 '두려움', '걱정'이 앞서고 있음을 깨달았다. 문제 상황을 단순히 바라보면 일상에 불청객이 불쑥 침투해 온 셈이다. 일상적으로 해 오던 방식으로 대응할 수 없는 노릇이기에 더 긴장하고, 특별한 조치로 위기를 넘길 수 있다고도 볼 수 있다.

다른 시각으로 바라보면 그저 일상에 다른 불청객이 왔기에, 왜 불청객이 나의 영역에 오게 되었는지 그 경유를 짚어 보면, 전혀 새로운 방식으로 문제해결이 될 때도 있고, 예상하지 않았던 이해가 만들어져 쉽게 문제의 실마리를 풀 수 있다. 많은 경우에 원장님들은 과도한 책임감으로 모든 문제가 '내 탓이다.', '내가 모두 책임진다.'라는 식으로 외로운 선택을 할 때도 종종 있다. 물론 지도자로서 책임감 있는 자세가 부적절하다고 말하는 건 아니다. 책임지려는 자세만큼, 얼마나 원장의 고민을 교사들과 공유했는지를 생각해 보면 아쉬운 지점이 분명히 있다.

'타자와의 만남'은 대화를 하게 되는 상대의 말에 나의 온몸을 열어젖히고 기꺼이 내가 갖고 있던 기존의 생각과 태도, 방향성까지 '변용'됨을 인정하고 믿는 것이 수반되어야 한다. 이런 관점에서의 대화는 그리 간단치 않다. 한 번도 경험해 보지 못하여 두려움과 생소함이 있지만, 기꺼이 변화될 가능성에 나를 맡기는 것까지. '현존재(Dasein)[7]를

---

7) 현존재(Dasein)는 인간이 현(Da)을 열고 이 현 안에 존재한다는 것을 표현하는 하이데거의 용어이다. 다른 철학자들은 그 용어를 사물들의 존재 상태를 나타내는 말로 썼지만, 하이데거

받아들이며 실존의 가능성을 바라보는 사유. 이러한 사유는 다른 모든 가능성을 가능하도록 만들고, 사유하는 나 자신을 능동적이고 자유롭게 만든다.

'그럼 나는 타자와의 마주침을 할 때, 매 순간 해 나가고 있는가?' 실존의 존재로서의 나를 인식하고, 이 같은 물음을 언제 했던가. 단순히 나를 어린이집 운영자로만, 책임자로만 인식하는 것은 아닌지 내가 만들어 놓은 틈을 발견하고는 안타까운 마음 때문이었을까. 한마디로 나 자신과 싸움이라는 생각이 든다. 어린이집에서 살아가는 원장에게 주어진 책임은 보이지 않는 나 자신. 결국, 그런 나와 끊임없이 싸움하며 살아 내야 한다는 것이 아닐까.

는 인간을 다른 존재자와 구별하여 지칭하는 용어로 사용하였다.

덜어 내고 또 덜어 내는 것

《도덕경》에서는 배움만을 추구하는 사람은 겹겹이 쌓이는 지식과 함께 욕심이 증폭됨을 경계하고 있다. 반면에 도를 지향하는 사람은 지식과 더불어 욕심도 감해진다고 하였다. '덜어 내고 또 덜어 내는' 육을 가진 사람은 결국 '무위(無爲)'의 경지에 이르게 될 때 세상을 다스리는 이치에 도달한다고 하였다(《노자》, 2017). 노자가 여기서 말하는 세상은 자기 자신, 둘러싸고 있는 환경을 통째로 일컫는 듯하다. 사람은 무슨 일을 하든 억지로 하는 것이 아니라, 무위에 도달하면 자연스럽게 이루지 못할 일이 없다는 것을 짚어 주고 있다.

《도덕경》을 인간의 '배움'으로 연결해 생각해 보자. '배움'이 늘 나에게도 이익이 되고, 함께하는 동료에게도 선한 영향을 미치는가? 만약 그렇다면 금상첨화겠지만, 때때로 그 배움이 나를 간교하게 몰아갈 수 있다면 어떨까? 나와 관계하고 있는 사람들에게 비치는 내 모습을 늘 살피기란 쉽지 않다. 나에게도 득이 되고, 타인에게도 선한 영향력이 되지 않는 배움은 나 자신을 이기심(利己心)이 가득한 사람으로 만들 수도 있다. 때때로 타인은 알아차리지 못하나 나 스스로 그 지점이 느껴져 경계하고 조바심을 내기도 했었다.

좋은 배움은 무엇을 고려해야 할까? 이 물음을 갖고 기존의 내 생각을 살펴보기로 했다. 그런데, 노자의 책에서는 세상을 다스리는 것의 출발, 그 시작은 '자기 자신을 다스리는 것'이라 한다. 배움이 칼과 같은 날이 선 무기가 되어 무지한 사람을 구별하지 않기를. 그리고 지식이 있고 없음의 잣대로 타인을 편 가르며 지식 없음을 탓하듯 찌르는 도구로 전락할 수 있음을 바라본다.

배움은 이러한 영향력 안에 있으므로, 배움의 주제는 현재 그리고 미래에 일어날 나의 배움은 어떠한지도 들여다볼 필요가 있다. 사회적인 인식이 땅에 떨어져 있는 어린이집 원장이 타인의 눈에는 그저 그런 직업일지는 몰라도 나 스스로는 의미 있는 일, 공적인 일을 행하는 '수장'이라고 생각한다. 이런 나에게 배움이 교사, 학부모, 아이들에게 살아남아 마음속 깊이 파고 들어가는 독이 되지 않기를. 부디 '덕'이 되어 다른 사람에게도 선하게, 이롭게 점점 더 끊어지지 않고, 흘러가기를 기도하게 되는 아침이다. 사람마다 중요하게 생각하는 삶의 가치, 신념이 다를 수 있다. 그러나 어린이집이라는 특수한 목적을 지닌 곳에서는 업무에 대한 가치 판단의 기준이 되는 규정들이 있기 마련이다.

그러한 규정을 인지적으로 알고 있는 것에만 그치면, 진정한 앎이 아니다. 지식을 알고, 배움을 실천하는 것은 한 나무의 잎과 가지나 마찬가지가 된다는 뜻이다. 내가 아는 것을 실천한다고 할지라도 그 앎이 공동체의 선에 지향점이 다르다면 냉철하게 왜 그런지 그 이유를 따져 물어보아야 할 것이다. 단순히 업무 규정이니 준수해야 할 덕목이니 어려운 말을 끌어들이지 않더라도 이미 그 사람은 스스로 알고 있을 것이다.

돌이켜 보면, 교사들이 무엇을 알고 있는지, 교사들이 무엇과 접속하기를 원하는지 진심으로 궁금해하지 않았던 것이 아쉬운 지점이다. 선한 배움은 나를 지식으로 채우기만 하지 않고, 그 지식이 나를 혼자의 성에 갇히게 하지 않아야 한다. 나에게 의미 있는 것과 접속이 교사들과는 다를 수 있음을 인정하자. 갇혀 있는 지식의 공간을 덜어 내고 또 덜어 낼 수 있다면, 새롭게 생긴 공간에 우리의 이야기를 써 나갈 수 있지 않을까. 혼자의 힘으로 절대 도달할 수 없는 원장의 일, 함께 손과 발이 되어 줄 소중한 사람들, 나의 삶에 스며들어 있음을 알아 가면서 교사들과 발맞추어 걸어가고자 한다.

둘

함께 만들어
나가다

우리에게 선생이 갖는 의미

선생님은 진지하게 내 이야기를 들어 주었다.

"나는 하고 싶은데, 할 수 없는 상황이에요…."

흘러내리는 눈물 때문에 주체할 수 없어서 흐느끼는 나의 목소리 너머로 선생님의 따뜻한 목소리가 들려왔다.

"그래. 네 마음 알아. 알지…."

"선생님…."

나의 회상(2016. 3. 24.)

대학 진학이 전부일 것 같았던 고등학교 1학년이었던 나는 가정 형편상 하고 싶었던 꿈을 두고, 어떠한 선택을 해야 할 선택권도 없는 상황에 직면하였다. 여고생이었던 학생으로 돌아가 보면 저자가 말하는 교육의 의미에 맞닿아 있음을 발견할 수 있었다. 내가 진정으로 하고 싶고, 내가 나다움을 찾을 수 있는 것은 한 선생님이 선택한 최선의 방향이었는지도 모른다. 이러한 선생님을 만난 나의 경험이 있었기에 이 책에 깊은 공감을 불러일으킬 수 있었다. 그때의 공감은 지금도 그 장면으로 순식간에 달려가게 이끌고, 선생님과의 만남은 원장으로 살아가는 동안 나는 어떤 사람이어야 하는지를 반성하게 만들곤 한다. 나와 같은 경험이 비단 나에게 국한된 이야기가 아닐 것이다.

"선생이란 무엇인가?", "나는 어떤 선생이었는가?" 또 나는 "어떤 선생이 되고자 하였는가?" 이러한 질문을 스스로에 하면서도 내가 경험했던 한 선생님의 얼굴과 이름이 나에게 '울림과 감동'으로 생생하게 떠오른다. 나는 그 선생님과 깊은 밤 울며 나누었던 그 시간을 잊을 수 없다. 이처럼 영화에서도 좋은 교사와의 만남을 찾아볼 수 있다. 영화 〈코러스〉에서 마티유 선생도 2차 세계대전으로 희망도 미래도 없는 아이들에게 의미 있는 존재로 영혼을 울리고, 아이들의 삶에 자신을 발견하며 한 걸음씩 나아가도록 이끌어 주었다. 이 외에도 이 땅에 좋은 교사들은 지금도 교단을 지키고 있다.

현재 우리나라 교육은 전쟁터를 방불케 한다. 선생은 학부모와 학생에 불신을 일삼고, 대학을 가기 위한 코스 정도로 무한 경쟁에 내몰린 현장이 학교이기도 하다. 그중에서도 선생은 많은 책무성을 가진 사람이다. 현재 우리나라의 교사들은 어떻게 그 자리까지 왔는가? 그들은 힘겨운 임용고시를 치르면 안정적이기로 손꼽히는 직업으로 진입했다고 흔히들 이야기한다. 선생은 노동자 혹은 소비자인 학부모와 아이들에게 좋은 교육 서비스를 제공해야 하는 직업군으로 전락했다고도 한다. '잠자는 학교'의 말에서 상상할 수 있듯이, 오늘날 교육현장에서 낯선 말이 아닌 지 오래다. 공부를 잘하기만 하면 가능한 직업이 될 수도 있지만, 그 이상이 필요하다고 기대하지 않는 현실이기도 하다.

동서양의 선생들은 오늘날 선생에게 마치 '선생이란 무엇이어야 하는지' 재차 묻는 것 같았다. 학생들의 본연지성(本然之性), '천성'과 같은 자연성을 존재 그대로 바라본다는 것은 어떤 의미인가? 이러한 의미를 되짚어 보며 선생인 나는 어떤 프레임에 갇혀 살아온 것인지, 도대체 나는 이제 어떠한 관점으로 보아야 할지 등을 성찰해야 할 몫이 있다. 이러한 성찰을 통해 내가 어떤 것을 놓치고 있는지 발견하는 것은 진정한 '나 자신을 찾는 일'이며, 선생으로서는 '제일 나은 선택'이라는 생각을 해 본다.

OECD 국가 중에서도 우리나라 학생들의 '행복지수'는 여전히 최하위 수준이며, 위기의 학생들을 추정해 보면 약 177만 명이 될 지경이라는 뉴스를 들은 적이 있다. 수많은 아이가 꿈을 잃은 채 거리로 내몰린다는 것은 위기가 아닐 수 없다. 단순히 교육의 목적이 좋은 학교에 보내는 것은 아니라고 하지만, 여전히 유능한 지식으로 만들어야 한다는 것에 매몰되어 있는 곳이 교육의 '현주소'이다. 교육의 목적이 사회의 요구에 맞춰 방향을 잃은 듯 보여도, 분명히 세상에는 성공하지 못한 자, 성취를 이루지 못한 자의 아우성이 존재하고 있다. 성공을 경험하는 소수의 학생도 그 목표를 이루고도 자신이 어떠한 인생을 살아가야 하는지 방황한다. 열심히 하여 원하는 그곳에 취업하면 꿈이 없다고, 집이 없다고 아우성친다. 든든한 직업을 가져도 거기에 행복한 자아가 없는 것은 어떤 영향을 미치는지를 진지하게 논의해야 할 것이다.

교육현장에서 교사들이 먼저 자신의 본성을 찾아서, 그 본성을 있는 그대로 받아들이고 존재를 발현할 수 있는 방향으로 이끌 수 있다면, 교사와 아이들의 만남이 곧 교실이고, 교실에서는 교사들이 단순히 노동하기 위한 공간이 아니라, 시간이 걸려도 아이들의 영혼을 진지하게 만나는 기회가 많다면 어떨까? 교사 스스로가 자신이 어떤 존재여야 하는지를 진지하게 성찰하도록 이끌어 가는 재교육은 얼마나 실행하는가? 분명한 것은 어느 질문에 대한 대답도 단순히 이원론적으로 대답할 부분이 아니라는 것이다.

늘 한 번에, 단번에 '성과(成果) 중심'으로 드러내야 하는 부담에서 다른 시각으로 바라보는 것이 우리의 교육이며, 선생의 존재를 바라보게 하려면 어떤 논의가 필요할까? 등등의 질문은 여전히 나에게 고민으로 남아 있다. 불교《법구경(法句經)》[8]의 '제 법은 마음에 달렸다.'라는 말씀이 떠오른다.《화엄경》[9]의 '모든 것은 마음이 만든 것인데, 선생이 선생 일을 대하는 태도도 마찬가지일 것이다. 한 아이를 대한다는 것은 한 아이의 인생을 받아들이는 것이다. 내가 만나는 존재가 어떠한지를 깊이 바라보고, 나는 어떤 선생이어야 하는지 다시 생각해 보고 걸어가야 할 길을 만들어 나가야 할 것이다. 그 무엇보다 그 모든 것은 내 마음에 달려 있다는 글귀가 마음에 보석처럼 빛난다.

---

8) 인도의 법구(法救)가 석가모니의 금언(金言)을 모아 기록한 경전. 423편의 시로 구성되어 있는데 석가모니의 가르침이 간명하게 표현되어 있어 널리 애송된다.
9) 석가모니가 선도한 깨달음의 내용을 그대로 설법했다는 대승 경전의 정화(精華) 부처의 만행과 만덕을 친양하고 있다. 정식 이름은《대방광불(大方廣佛)화엄경》이다.

성찰하는 교사

매뉴얼화 된 교육과정만을 고수했다면 나는 진정 아이들의 놀
이를 발견하지 못하고, 가치로운 교육을 방행하는 교사가 되
었을지도 모르겠다. 사실 지금도 어린이들의 흥미를 섣부르
게 판단하고 평가하지는 않았는지에 대한 자기성찰의 시간을
종종 갖게 되면서 함께 문제를 찾아보고 해결해 나가는 관계
속에서의 나의 목소리를 내는 것은 분명 의미가 있었다. …중
략… 놀이에 관한 지속적인 협의와 성찰의 과정은 필수적이었
고, 이러한 사고가 우리 반의 놀이를 실천하는 교사로서 전문
성 신장의 가능성을 경험하게 되었다.

교사세미나에서 민 교사의 이야기(2018. 7. 12.)

2018년 7월 세미나 발표를 준비했던 민 교사는 성찰하는 과정에서
전문성이 신장했다고 회고하였다. 민 교사는 자신의 실천을 되돌아보
고 성찰하는 시간 안에서 어린이를 좀 더 이해하는 경험을 하였다. 성
찰하는 시간은 교사로서 자기 이해를 깊이 있게 이끌었다. 이처럼 교
사들은 가르침을 준비할 때 교육 내용, 교육방법에 대해 동료 교사와

어린이집과 살며 가르치며 꿈꾼 성찰일지

어린이의 아이디어, 어린이들 간의 아이디어를 자세히 바라보고, 생각할 시간이 필요하다(이경화·손원경·남미경·정혜영·김남희·손유진·정혜영·이연선, 2018). 그리고 교사가 동료 교사나 원장으로부터 지지받고 있음을 느끼고, 자신과 같은 생각하는 사람과 고민을 나눌 수 있는 상황을 만드는 것도 중요하다. 어린이의 행동에 대한 교사 스스로 조심스러운 생각이 가치 있게 평가되는 상황에서 교사는 성장한다(Stacey, 2015). 또한, 교사의 생각이 여러 관점에서 고려되고, 교사는 성찰하는 습관을 기름으로써 깨우침을 얻고, 창의적인 순간에 이를 수 있다.

그런데 어린이집 현장에서 이것은 혼자의 힘으로 가능하지 않다는 말이기도 하다. 바쁜 유아교육 현장에서 교사들은 가르치는 일 이외에도 수많은 일에 묻혀 살기 쉽다. 교사가 이러한 신념을 갖고 있다 할지라도 유아교육 현장의 조직문화가 뒷받침되지 않는다면 가능하지 않을 수 있다. 시간이 쌓이고 경험이 깊어질수록 모든 교사가 어린이의 대화에 귀를 기울이고 그들의 사고에 대해 생각할 수 있는 것도 아닐 것이다.

다만, 이러한 교사에게 누군가는 그러한 관점으로 어린이를 바라볼 가능성을 열어 주거나 비전을 제시하는 것이 필요하겠다는 것이 나의 생각이다. 이러한 노력이 전제되어야 교사는 더욱 성찰하는 교사로서 진입할 가능성으로 더 가까이 가는 것이 아닐까? 시간이 흐르면서 교사는 어린이의 생각과 행동에 반응하려고 노력함으로써 관찰하는 법을 배우게 된다.

현장에서 만난 교사들은 항상 바쁜 일정에 쫓기기 쉬웠다. 그들은 좋은 교육을 하고 싶은 소망도 가득했었다. 그리고 자기 자신의 교육적인 행위를 돌아볼 여유가 없는 모습도 매우 많았다. 교사들은 명시된 활동이나 누리과정과 같은 교육과정을 '교육과정'이라고 신뢰하고, 그 믿음으로 활동을 준비하여 어린이에게 시시때때로 제공하기 바쁜 모습을 보인다. 이 안에서 어린이는 그 활동에서 목표로 하는 방법으로 맞추고, 일정한 틀 안에서 실험하고 교사의 의도한 바를 찾아낸다. 이러한 교사들은 교육과정이 어린이마다 놀이에서 나온다는 사실을 인정하지 않을 가능성이 크다.

이 같은 사고를 하는 교사가 교실을 운영할 때 무엇이 중요할까? 일과의 목표, 단위 활동이 도입되고 정리되기까지의 일련의 과정이 잘 짜인 트랙이 되도록 노력하면 할수록 어린이들의 놀이는 살아 숨쉬기 어려울 것이다. 왜냐하면, 어린이의 놀이는 예측 가능한 활동명으로 명시된 구조 안에서만 제한되는 것이 아니기 때문이다. 이러한 놀이 환경에서 어린이는 자기의 본성을 따르고 각자의 존재가 발현되기에도 상당히 어렵다.

이에 반해 성찰하는 교사는 어떠한가? 성찰(省察)은 '자기의 마음을 반성하고 살핌', '지나간 일을 되돌아보거나 살핌'과 같은 사전적인 뜻이 있다. 반성적인 사고로 성찰하는 교사는 사건이나 상황을 그대로 수동적으로 받아들이지만 않고, 여러 갈래의 가설을 세우고, 지속적인 접속으로 무언가를 만들어 가는 존재로 살아간다. 그것이 성찰하는 교사의 힘이다. 성찰하는 교사는 완성된 존재가 아니라, 끊임없는 성찰로 사유하는 존재로 되어 가는 사람인 것이다.

성찰하는 교사가 운영하는 교실은 어떤 향기가 날까? 교사는 어린이에게 무슨 일이 일어나고 있는지, 그리고 그것에 대해 교사로서 나는 무엇을 할 수 있을지를 교육적으로 추측해 보는 시도를 끊임없이 해 나간다면, 더 생동감 있고 편안한 교실이 될 것이다.

성찰하는 시간 갖기

"나는 어떤 교사인가?"
"지금 나는 왜 이러한 선택을 하려고 하는가?"
"이 아이는 어떤 이유로 그런 행동을 할까?"
"아이는 무엇을 알고자 하는 것일까?"

성찰일지(2020. 3. 24.)

위와 같은 물음은 보육 현장을 살아 내는 교사들이 쉽게 하는 물음 중 하나일 것이다. 교사는 교실에서 온종일 많은 시간 동안 유아를 관찰한다. 유아와의 관계에서 교사는 여러 가지로 고려하여 배움을 해석하고, 교사는 보이는 현상의 이면에 무슨 일이 있을지, 어떤 의미가 있는 것인지를 살피기도 한다.

이때 교사는 보이는 것을 그대로 받아들일 수도 있고, 영유아의 놀이 행동의 이면에 어떠한 의도가 있는지, 도대체 왜 그 일이 발생했는지에 대해 사고할 수도 있다. 교사가 아이들의 생활을 보면서 '이 아이는 왜 그런 행동을 하지?', '아이는 뭘 알고자 싶어 할까?' 등을 스스로 물어본다. 이 같은 물음에 따른 교사의 성찰은 유아의 놀이를 깊이 보는 공간을 만들고, 구체적으로 교사의 역할을 어떻게 할지도 생각하게 이끌어 준다. 원장에게도 성찰이 갖는 교육적인 의미는 별반 다르지 않다.

놀이 중심 교육과정에서는 교사를 교육과정을 재구성하고 유아와 함께 만들어 가는 '주체(subject)'로 보고 있다. '놀이 이해자료'에서 교사는 유아의 유능함을 알고 놀이 경험의 의미를 발견해 나가는 자율성을 가진 존재인 '교사의 주체성'을 강조하고 있다. 여러 갈래로 설명할 수 있겠으나, 교육과정을 실행하는 면에 초점을 맞춰 볼 때 교사는 자기 삶의 방향을 스스로 선택하고 결정할 수 있는 자유를 누릴 수 있도록 주체로서의 인식이 중요하다.

여기서 교사는 어린이와 함께 타고난 존재의 고유성을 갖고 있으므로 교사가 교육적인 선택을 해 나갈 때, 사람이나 환경으로부터 교육적인 판단과 해석을 강요받지 않아야 한다. 또한, 원장은 교사가 왜 그러한 교육적인 선택을 하는지, 놀이의 기대와 의도는 무엇인지에 대해 깊이 대화하고 적절한 피드백으로 역할을 지원하는 것이 이전보다 더 중요해진 부분이라 생각한다.

또한, 교육과정의 주체로서 교사는 자기의 일에 대해 성찰하는 사람이다. 교사는 교실의 상황이나 학습자, 교육방법 등에 대해 끊임없이 생각하고 돌아본다. 이처럼 교사들에게는 특히 '성찰성(reflexivity)'이 요구된다. 왜냐하면 보육 현장의 교사가 해야 할 일들은 수학 문제를 풀 듯, 정해진 공식을 따르지 않기 때문이다. 더욱이 교실의 상황은 복잡한 관계가 얽혀 있고 역동적인 상황을 운영하기 위해서 교사에게는 생각하는 힘, 즉 '사고(思考)'가 필요하다고 볼 수 있다.

'교사의 성찰하기'는 교육과정이나 놀이 지원을 보다 풍부하게 할 가능성이 있다. 이것을 일컬어 '중간에 사라진 것'이라고 부른다(Stacey, 2015). 교사가 성찰하지 않고 교육과정을 계획하고 실행하는 것은 중요한 무엇을 빠뜨린 것이 될 수 있다. 나의 현장 경험에서 본 교사들도 그랬었다. 교사의 일상에서 보면 교실에서, 일과 내내 수많은 선택을 하면서 살아간다. 그 선택이 더욱 좋은 선택이 되기 위해서는 관찰하고 난 후, 다음에 무엇을 할지를 연결하기 위한 시간, 즉 성찰의 시간이 필요하다.

이렇듯 교사는 동료와 함께 많은 것을 고려하게 되고, 자신의 실행을 되짚어 보는 시간을 갖게 된다. 이때의 반성은 어떠한 새로운 아이디어가 생길 수 있는지를 가늠해 볼 수 있다. 그리고 원장은 교사가 성찰의 주체가 되도록 세밀하게 자율성의 권한을 어떤 내용으로 고려할 것인지를 숙고해야 할 것이다. 교사는 아는 것을 실천해 나가야 하므로 교사의 역할을 지지하고 사고하는 교사가 되도록 하는 것은 원장의 중요한 역할이 될 수 있다.

교사의 '자율성(autonomy)'은 스스로 선택과 결정에 존중받을 수 있는 분위기에서 가능함을 염두에 두어야 한다. 좋은 교육을 하기 위해서 성찰하는 교사가 필연적으로 본다면, 어린이집에서 원장은 교사 스스로 본연의 업무를 할 때, 여러 상황에서도 성찰하는 분위기를 조성해야 한다. 전반적인 운영에서도 성찰의 시간은 고려하도록 노력해야 한다. 예를 들어 정기적인 반별 협의 시간을 계획하여 성찰의 시간을 가질 수 있다. 이 시간에는 동료 교사와 교실에서 듣고 경험한 것에 대해 협의를 할 수도 있다.

원장과 교사, 교사와 교사 간의 말에 주의를 기울이고, 경청하는 시간을 통해 생각의 깊이를 더할 수 있다. 이때 '경청'은 잠깐 나의 의견을 보류하는 것이고, 경청의 순간에는 다른 사람의 관점을 이해하도록 노력해야 한다. 이때 원장은 교사가 경험한 것의 의미가 무엇인지를 깊이 생각하도록 여유를 갖고 생각하는 시간을 고려하여야 할 것이다. 바쁜 보육 현장에 성찰하는 것이 또 하나의 과제처럼 떠안기지 않도록, 작은 것에서부터 성찰해 보는 시도부터 시작해 보면 어떨까 싶다.

> 나에게서부터 성찰을 시작하는 것으로 시작해서 내일은 나의 생각을 교사들과 대화를 나누어야겠다. 교사는 성찰을 필요로 하는 직업이며, 교육적인 지원을 하든, 직업적인 행위를 할 때에도 반드시 성찰을 필요로 한다. 그래서 나도 교직원에게 '이렇게 하라'가 아니라, 나의 업무에 대한 이해를 성찰한 후 그 생각을 회의시간에 공유해야겠다. 나의 행위에 대한 의도를 때로는 낱낱이 설명하는 일. 교직원의 일방적인 이해하기를 강요하지 않더라도 그들 각자의 좀 더 깊은 이해로 원장을 바라보길 바란다. 그 안에서 서로에게 배움의 물꼬를 틀 수 있기를 기대한다.

> 성찰일지(2019. 9. 27.)

교사가 철학을 가진다는 것은 존재론적인 모험이 될 수 있습니다. 성찰적 존재인 교사는 수많은 교육현장의 현상과 경험들과 접속하면서 그것이 어떤 의미를 주는지 깊은 성찰을 해 나가야 합니다.

교사는 어떤 철학적 해석이 있어야 하는가?
그렇다면, 나의 수업에도 철학이 있을 수 있는가?
나는 어떤 신념 혹은 철학으로 교실을 운영하는가?

나는 이것을 왜 가르치고 있는가?
나의 교실에서 아이들에게 어떤 일들이 일어나고 있는가?
아이들은 무엇을 알고 싶어 하는 것일까?

가르칠 수 있는 용기

"놀라워요.", "나도 잘할 수 있을까요?", "걱정이에요…. 지금껏
난 뭘 한 걸까요…?", "원장님 저도 잘할 수 있을까요."
그리고 항상 나에게 대답을 갈구하듯 말하는 것은 "괜찮을까
요?"
교사의 절박한 물음에 난 뭐라 대답해 줄 게 없었다. 다만 나는
항상 그렇게 말해 왔다. "선생님이 놀이를 직접 한 사람이기 때
문에 가장 잘 안다는 것이고, 그 수업을 포장하지 말고 드러내
는 용기가 필요해요…."

교사와의 대화에서(2018. 6. 19.)

어제 달님과 놀이 사례에 관해 이야기를 나누었다. 교사와의 대화에
서 말하고 싶었던 나의 마음과 교사의 생각이 어느 정도 같은 방향임
을 알 수 있었다. 처음에는 달님 교사와 10분 정도로 짧게 이야기할 계
획이었다. 그런데 매번 계획과 달리, 놀이 사례 이야기는 예상 시간을
훌쩍 뛰어넘었다. 어제도 그랬다. 달님과 해님 교사와 각각 시작한 이
야기는 지난주 세미나를 경험하는 이야기와 지금까지 나의 수업과 견

주어 보면서 생성된 차이, 그 속에서 일어나고 있는 고민이 변주되어 또다시 지금 내가 하는 수업의 실천에 대해 의문점을 갖고 있었다.

'그들의 실천과 나의 교실은 무엇이 다를까?', '나는 아이들을 보면서 무엇을 중요하다고 생각했던 것일까?', '내가 지금까지 안다고 생각한 것은 무엇일까?' 등등. 달님 교사는 경력 2년이 채 안 되는 교사가 해 온 실천보다 부족하다는 생각에 괴로운 심경을 내비치기도 하였다.

그래서 지난 주말은 우울감에 힘들었다며 애써 '약간 그랬다.'라고 거듭 강조하여 말하였다. 이 같은 마음은 해님 교사의 기록에서도 다를 바 없었다. 달님 교사는 상대적으로 경력이 많았기에 남들이 바라보는 시선이 부담되었고, 원 내에서는 원감의 역할을 하는 중간자로서의 직무에 대한 무게감도 큰 건 분명했다. 타인이 기대하는 바가 큰 그것만큼 스스로 놀이를 잘하고 싶은 욕망도 강했을까? 교사는 처음부터 뭐든 도전해 보겠다는 태도보다는 불편해하는 모습이 비쳤다. 그러한 까닭에 나는 서두르지 않으면서 스스로 알고 싶어 하는 교사들부터 개별적인 전략으로 놀이 사례 협의를 해 나갔다.

그러던 과정에서 해님도 변하는 모습이 포착되었다. 한 달에 한 번씩 놀이 사례 협의, 전체 5학급으로 구성된 기관의 특성상, 나는 한 달에 최소 다섯 번의 사례 협의를 했던 것이고 교사로서는 한 번 정도였던 것이다. 그러던 중 달님이 먼저 말을 걸어온 오후였다. '내가 생각하는 놀이'라는 제목의 한글 파일, 카톡으로 "원장님~ 읽어봐 주세요."라며 예상하였던 시기보다 빠른 접속이 이뤄졌고, 교사의 글을 얼른 읽어 보았다. 사실 내가 달님에게 분명하게 업무를 지시한 부분도 아니긴 했지만, 선뜻 "이런 걸 해 보자."라고 하기에도 교사 자신이 받아들

어린이집과 살며 가르치며 꿈꾼 성찰일지

이는 정도, 그것에 대한 해석도 차이가 있으므로 지켜보던 중이었다. 즉 달님의 생각이 무엇인지, 무엇을 향하고 있는지도 궁금했지만, 간접적인 지원(관련 전문서적 읽기, 세미나 참석하기, 수업 사례 토의하기, 놀이 사례 협의 등)만을 하고 직접적인 업무 지시는 될 수 있는 대로 하지 않았다. 나 나름대로는 '기다림'을 해 온 것이다.

얼마간 시간을 보낸 후, 마주했던 교사의 모습은 매우 놀라웠다. 대화하면서 계획하지 않았던 나의 경험도 이야기하게 되었다. 나는 스승을 만났을 때 감응, 내부 작용은 무엇이었는지를 그 순간 떠오르는 에피소드를 솔직하게 말해 주었다. 그러자 달님과 해님의 눈빛은 흔들렸다. 흔들리는 눈빛 속에 '나도 그 마음이었어요.' 하고 말을 걸어오는 것을 느꼈다.

매번 세미나를 다녀오면 해님과 달님은 "놀라워요.", "나도 잘할 수 있을까요?", "걱정이에요. 지금껏 난 뭘 한 걸까요?", "원장님 나도 잘할 수 있을까요." 그리고 항상 나에게 대답을 갈구하듯 말하는 것은 "괜찮을까요?" 교사의 물음에 난 뭐라 대답해 줄 게 없었다. 다만 나는 항상 그렇게 말해왔다. "선생님이 놀이를 직접 한 사람이기 때문에 가장 잘 알 것이고, 그 수업을 포장하지 말고 드러내는 용기가 필요해요." 나 또한, 영유아 교육 전공 분야에서 수업 기술을 가르치고, 교수 방법론을 운운할 때, '용기가 기술'이라는 말을 들어 본 적이 없었다.

세계의 존재로서의 아이들을 만나서 대화를 할 때, 교사는 먼저 그들의 생활로 들어가고자 하는 '마음 다짐'을 해야 한다. 교사에게는 대단한 용기가 필요한 일이다. 스무 해가 되도록 가르치는 일을 해 온 나에게 중요한 기술이라고 굳이 명명하여 손꼽으라고 말한다면 '용기'라고 말하겠다. 용기는 아이들과 대화를 하는 순간에도 필요하고, 그들과 생활하며 살아가는 데도 필요한 역량이 될 수 있다.

좋은 교사의 첫걸음은 나 자신이 누구인지 아는 것이고, 내가 가르치는 학습자들을 이해하는 것이다(Walsh, 2015: 4). 다시 말해 교사는 '애정'과 '사랑'을 가지고 나와 학습자들을 연결해서 보도록 나아가는 가르침. 여기에서 보면 좋은 교사는 나를 성찰해 보면서 만나는 아이들을 살펴보게 되고, 또다시 나의 역할을 되짚으며 만들어 나간다는 뜻이기도 하다. 오늘 만난 달님 교사의 모습에서도 이러한 정서가 묻어 있음을 알았다.

때때로 교사는 자기의 지식과 태도, 기술을 갖춰 나가도록 내부 작용이 일어나게 만든다. 교사는 스스로 옳다고 생각을 실천으로 옮기며, 또다시 내 수업을 돌아보며 어떻게 해야 할지를 찾아갈 수 있다. 교사는 무엇을 하며 살아가는 사람인지, 좋은 교육이 무엇인지를 고민하며 살 듯 원장인 나도 함께 고민에 참여하는 사람인 것이다.

생각의 길 위에 서다

이 책을 오늘까지 다 읽어야지. 눈은 책을 보고 있으나, 갑자기
드는 생각은 다른 곳을 향하고 있는 걸 느꼈다. '빨래를 세탁기
에 넣어야 하는데….' 그러고 보니 나는 《생각의 탄생》 책을 읽
으면서 다른 일을 계획하고 있는 걸 알았다. 도대체 나는 무엇
을 하는 걸까. 몇 분 안에 일어나는 나의 상황은 도무지 이해가
되지 않았다.

성찰일지(2016. 5. 22.)

서두에 적은 것처럼, 요즈음 나는 시간과의 사투를 벌이며 살고 있
다. 주어진 24시간 중에 나만을 위해 오롯이 쓸 수 있는 일상은 얼마 되
지 않는다. 주부로서 하는 역할은 숙련되어 그 시간을 줄일 수는 있으
나, 생각이 필요한 일들은 그 시간이 좀처럼 줄어들지 않음을 종종 경
험해 왔다. 때때로 내가 무언가에 골몰히 생각하는 중에도 손은 다른
일을 할 때가 있다. 나의 뇌는 무엇에 자극을 받아, 어떤 것을 하려고
한 것일까? 그런 궁금함이 들다가도, 내가 의지적으로 무엇을 하고자
계획하고, 애쓰는 그것보다 강력한 힘이 있다는 생각에 도달한다.

그 생각이 무엇인지 정확히 알 수는 없었으나, 이번에《생각의 탄생》을 읽으며 분명하게 공감할 수 있었다. 나는 이 책을 읽으면서 두 가지의 생각이 들었었다.

첫째, 생각은 창조성을 발휘하는 중요한 '도구'라는 것이다. '사물을 헤아리고 판단하는 작용'은 생각의 사전적인 뜻이다. 사고하는 인간은 인간만의 고유한 영역으로 인정받아 왔고, 근래에는 '인공지능', '뇌 과학'의 진화로 다른 학설이 있기는 하나, 공통적인 중론으로 꼽는 것은, 인간만이 고유한 능력으로 인정받아 온 것이 '정신의 도구', '생각'인 것이다. 나 또한 생각이 인간과 동물을 구분 짓는 고유한 영역으로도 이해했다. 생각은 뇌의 특정한 부위 어디 즈음에 있고, 생각을 관장하고 있는 신경세로로 인해 개인의 능력 차도 있다는 점이다. '베일'에 쌓여 있었던 '생각', '뇌'에 대해 2015년에는 '뇌 과학과 창의성' 강의에서 찬반이 갈리는 여러 입장이 있다는 것도 알게 되었다.

그런데, 이러한 배움 속에서도 '생각'의 도구들은 '실제적인 것'과 '상상의 것' 사이에서 영속적인 연결망을 만들어 준다는 관점을 갖지 못했다. 생각은 추상적이고, 도구는 무엇을 하기 위해 사용하는 것 정도로 전혀 상관없는 것으로 보았다. 사실, 이렇게 보는 관점에는 인간의 무한한 능력을 인정하는 것이고, 생각의 도구를 발휘하며 살아 낸 수많은 사람의 삶의 이야기가 증명하듯 말을 걸어오는 것만 같다. 자동차를 내가 원하는 곳으로 작동하여 갈 수 있듯이, 내 생각도 의도한 대로 방향을 갖고 해 나간다면 달라질 수 있는 게 아닌가. 그러한 창조성을 드러낸 이들도 나처럼 아등바등하며 살아가는 일상이 있지 않았을까 등. 그러나 그들과 나의 차이점은 13가지의 생각을 도구로 잘 사용했다는 것이다.

또한, 생각의 도구 모두를 잘 활용했다기보다는, 그중에서 하나라도 단단히 붙잡고 살아도 그만이다. 책 속에 등장하는 물리학자, 시인, 화가, 음악가 등 그들과 내가 다른 점이 있다는 것이 느껴졌다. 생각 도구는 인간이 사는 자연 세계에 널려 있는 것도 알았다. 자연과 교감하고 그 속에 생각을 열고 나를 개방하는 것이 자연스럽지 않고, 부담스러운 일 혹은 과제처럼 느껴지는 것만 같다.

또 나에게 원래 풍부하게 있었지만, 몇십 년이 지나도록 전혀 불러 주지 않아 퇴색되어 버린 부분도 있다는 것을 알게 되었다. 그러나 서너 살 된 아이들은 저마다 고유한 자기다움을 드러내며 산다. 아이들이 하는 말마다 귀 기울여 들어 보면 참 곱다. 시인의 언어처럼 맑고 독특한 색깔의 언어들을 살아 있는 것만 같다. 나는 내 안에 무엇을 채우려는 욕심에 세상과 주변을 '관찰'하는 눈을 멀리했을지도 모른다.

눈이 아니라 마음으로 본 것을 그린 화가 '피카소', 형상화로 세계를 새롭게 창조하는 '마르셀 뒤샹'의 음악과 미술, 과학과 수학, 예술을 넘나드는 그들이 화가이면서도 시인이고, 시인이면서도 과학자보다 더 과학자처럼 보였던 이유도 '잘 버리는 것' 때문이 아니었을까 상상해 본다. 하나의 문을 열기 위해 여러 개의 도구가 필요할 수 있지만, 하나의 열쇠로도 문은 열 수 있는 법이다. 그 열쇠로 방문을 여는 순간 모든 것들은 연결되어 누릴 수 있는 공간이 될 수도 있는 것이다.

'통섭', '통합'으로 들끓는 요즈음. 어쩌면 버리는 것부터 시작해야 할지도 모르겠다. 아이들처럼 한 가지의 놀이를 하면서도 몇 시간이고 몰입하며 놀 수 있는 '전심'이 내게도 절실히 요구되는 것임을. 어제 아들 산이가 했던 말이 떠올라 웃음이 나온다.

'생각하는 사람' 그림을 보던 산이가 말을 걸어왔다.

"엄마, 뭐 보는 거야?" 나는 무슨 그림을 보는 것 같은지 물어보았다.

"응. 똥 누고 있는 사람 같아~"

아이의 말에 웃음이 나와 다시 한번 더 물었다.

"이 사람 앉아 무슨 생각하는 것 같아?"

그러자 "응. 똥 누잖아. 음~ 생각을 많이 하네. 생각하는 사람."

그렇다. 생전 처음 보는 작품이어도 아이들은 이렇게 작품과 쉽게 말을 하는 '존재'라는 걸.

나도 세상과 그렇게 소통하면 살아야 하지 않을까?

성찰일지(2016. 5. 20.)

어린이집과 살며 가르치며 꿈꾼 성찰일지

'아이가 좋아하는 것'으로부터

"초등학교에 가는 아이들에게는 무엇이 가장 필요할 것 같니?"

"딱지! 딱지요!"

"뭐? 딱지라고?"

"네! (눈을 부릅뜨고 강조하며) 학교엔 딱지가 필요해!"

"(다른 아이들도 동조하며) 맞아요. 필요해요!"

"아…. 그렇구나! 왜 그런 생각을 했어?"

"(웃으며) 딱지가 좋으니까요."

성찰일지(2017. 3. 14.)

위에 제시한 사례는 지난해 11월, 초등학교로 전이를 경험한 초등학교 1학년 아동에게 인터뷰한 내용이다. 인터뷰하게 된 동기는 현재 우리나라에서의 유아교육 기관이나 부모들이 갈수록 '유아교육의 학교화(schooled)' 문제가 심각해지고 있다는 문제의식에서 출발하였다.

그러나 정작 유아교육 기관의 교사와 부모는 아동을 위해 '학교준비'는 현재보다 더 필요하다는 말을 들을 수 있다. 즉, 아동이 학교에 적응하기 위해서는 제일 나은 선택이 미리 학교를 준비해야 한다는 논리이다. '초등연계 수업', '유추연계 프로그램' 등등. 이미 오래전부터 어린이집에서는 이러한 프로그램을 해 왔고, 정말 필요한 교육 프로그램으로 인정받아 온 분야기도 하다. 근 20년 전에 병설 유치원에서 교사로 근무할 때에도 초등연계 프로그램을 했었다. 초등학교 1학년 교사와 함께 교육과정을 연결 짓고, 그 안에서 선행 경험을 할 수 있는 것은 대강 활동으로 반영하고 실행을 했던 기억이 있으니, 정말 오래된 실행 중 하나로 볼 수 있다. 그 당시에는 유아들이 학교 가기 전에 많은 경험을 해야 잘 적응할 수 있도록 돕는다고 생각했었다.

초등연계 프로그램의 내용은 누구로부터 시작되었는지, 아이들은 교사들이 준비시켜 주어야 잘 적응할 수 있는 것인지에 관해 합리적인 의심을 해 보지 않았다. 그런데, 유아교육의 '학교화' 문제는 준비도의 개념을 넘어서 아동관에 대한 관점, 교육과정, 교수 방법, 아동에 관한 평가에까지 광범위하게 연결되어 있다고 볼 수 있다. 요즈음에는 영아기로 조기교육의 시기는 앞당겨졌고, 영어 조기교육, 선행으로 제공하는 언어교육과 학습지 형태 등은 시기를 막론하고 더 어린 나이여도 앞서서 가르치는 분위기여서, 상대적으로 영유아 시기에 충분히 누리고 경험해야 할 것들을 잃어버리는 현실에 너무 안타깝다.

이처럼 '학교화'의 이슈는 실타래처럼 엉켜 있는 교육 현실의 사태와 같이 대단한 복잡성을 갖고 있다. 여기서 나는 영유아 교육의 현대적인 패러다임과 담론에 관해 생각해 보았다.

유아교육 전반에 걸쳐 아동에게 필요한 교육, 학교를 준비하고 적응해야 한다는 주류의 담론 이면에 비판적인 입장의 주장도 있다(Cannella, 2002). 위에 제시한 인터뷰 내용에서도 보면, 남자 아동에게 들을 수 있는 목소리는 학교로의 전이는 '한글 쓰기'를 수월하도록 인식하게 하는 과업을 수행과 차원이 다른 이야기이다. 이처럼 근대에 만들어진 '아동 중심 교육'도 마찬가지다. 유아교육 기관 그리고 교육과정은 '아동 중심 교육'이라는 이름으로 현재에도 명맥을 유지하고 있다. 아동 중심 교육에서 아동은 어떤 존재인지, 아동 중심성은 무엇인지를 깊이 들여다보기도 전에 외부로부터 주어진 기준에 따라 적용하고, 가르쳐야 할 아동으로 대상화해 왔다.

그런데 우리나라의 수많은 교실에서는 학교로의 수월한 준비를 위해 '아동 중심 교육'의 이름으로 '자유로운 선택', '아동의 필요', 발달을 돕는 갖가지 '교구'로 좋은 교육을 실천한다고 말한다. 아동 중심 교육을 표방하며 좋은 교육 시스템이나 환경을 갖춘 기관에서는 정해진 교육 내용을 투입하고, 효율적인 교수 방법을 실행하여 기준에 따라 성취도를 평가하는 것을 정당화해 온 것이다. 나 또한 그렇게 말해 왔던 적이 있다. 나에게 '아동 중심 교육'이라는 인식은 어린이를 위해 중심축을 이루는 가치이자 확고한 신념이기도 하였다.

다행히도 2019년부터는 '놀이 중심', '어린이 중심'의 교육과정으로 개정되어 한결 숨통이 트이는 교실, 어린이집 현장이 되어 가고 있다. 그런데 여전히 어린이 중심의 유초 연계 프로그램을 재구성하는 시도는 미약하다. 교실을 바꾸어 가는 노력만큼이나 교사, 아동들이 어떤 존재인지, 아이가 진정으로 좋아하는 것은 무엇인지를 원장, 교사는 깊이 성찰해 보아야 할 것이다. 거창한 활동이나 프로그램은 아니나, 아이가 좋아하는 '딱지'만 있으면 학교생활을 잘할 수 있다던 아이들의 생기 있던 말들이 귓전에 여전히 부딪혀 온다. 세상은 달라져 더 많은 프로그램과 정교해진 도구가 개발되었을지라도. 아이들이 진정으로 좋아하는 것이 아니라면, 진정으로 교육과정이 어린이가 중심인지를 엄밀히 따져 보아야 할 선명한 몫이 우리에게 있다.

어린이집과 살며 가르치며 꿈꾼 성찰일지

배움의 여정 돌아보기

어린이, 교사, 그리고 나의 배움은 고정된 것이 아니다. 아무리 교사가 학습의 흥미와 수준을 잘 고려하여 교육 내용을 선정하여 교육계획을 세웠다고 할지라도 결코 결과는 예측 불가능함을 우리는 모두 경험했었다. 내가 가르치는 것이 예측 가능하다고 하면 학습자가 완벽한 배움을 했다고 주장할 수 있는가? 그것도 아니다. 어린이, 교사, 그리고 나에게 이미 있는 그것이 무엇인지에 마음을 기울이고 새로운 실험을 시도하는 것. 나는 그것에 지금까지 얼마나 관심을 두며 살아왔을까?

성찰일지(2017. 9. 22.)

배움의 여정에 있어서 교사는 아동의 여러 '탈주선(line of fight)'들을 접속할 수 있는 환경을 마련해야 한다. 이 환경은 구조적인 배치를 연상하는 물리적 환경에 국한하는 것만이 아니다. 배움은 매력적이고, 몰두하게 하며, 경이롭고, 어리둥절하게 하며, 참여하게 만들고, 심지어 굉장한 즐거움을 줄 수 있다(Walsh, 2015). 이 텍스트에서 아동의 배움은 교육의 획일적이었던 구조주의적인 담론을 벗어나 좀 더 다양화해야 한다는 주장에 가깝다. 이때 교사들은 아동의 배움이 언제 가장 잘 이루어지는지, 무엇을 지원할 것인지, 어떤 환경과 상황들을 고려해야 하는지를 고민하게 된다.

"언제 아동은 배우는가?" 그리고 "아동은 언제 몰입하는가?"라는 질문을 따라가 보면, 아동이 적극적으로 배움에 임하는 순간인 그 상황이 '몰입할 때'라는 것을 유추할 수 있다. '몰입(沒入)'은 삶이 고조되는 순간에 물 흐르듯 행동이 자연스럽게 이루어지는 느낌을 표현하는 말이다. 몰입은 주위의 모든 잡념, 방해물들을 차단하고 원하는 어느 한 곳에 자신의 모든 정신을 집중하는 일이다.

몰입하는 사람의 심리 상태는 에너지가 쏠리고, 완전히 참가해서 활동을 즐기는 상태이다. 즉, 몰입은 한 가지에 완전히 흡수되는 것을 나타낸다. 헝가리 심리학자 미하이 칙센트미하이는 몰입했을 때의 느낌을 '물 흐르는 것처럼 편안한 느낌', '하늘을 날아가는 자유로운 느낌'이라고 하였다. 일단 몰입을 하면 몇 시간이 한순간처럼 짧게 느껴지는 '시간개념의 왜곡' 현상이 일어나고 자신이 몰입하는 대상이 더 자세하고 뚜렷하게 볼 수 있다(미하이 칙센트미하이, 2004).

삶을 훌륭하게 가꾸어 주는 것은 행복감이 아니라 깊이 빠져드는 몰입이며, 배움에만 국한하여 새겨야 할 개념이 아니라는 뜻이다. 이를 메를로퐁티는 '살아 낸(lived)'의 용어로 치열하게 경험하며 몸으로 살아 낸 것, 항상 내 몸으로 하는 것은 얼마나 치열하고 의미가 있는지를 되짚어 보게 하였다.

영유아 교육 현장에서 아동은 '몰입'할 수 있는 시간과 환경에 있는지를 자문해 보면, 자신 있게 답변할 수 없는 현실이 보인다. 12시간의 장시간 보육이 표준화된 일과의 흐름 속에는 더 세세하게 짜인 일정의 구조는, 아이가 주어진 시간 속에서 적응하며 살아 내야만 하는 '수동적인 존재'로 아동을 통제한다. 교사나 성인에 의해 짜인 수많은 활동은 아동의 경험 연속성에 동떨어진 피상적인 사고에 가까운 지식으로 아무런 여과 없이 아동에게 전달되는 식이다. 개인의 배움의 연속성과 무관하게 주어진 특별활동의 시간 동안 아동은 집단 속에서 소외되고, 배움의 여정은 향방을 잃어버리기 십상이 아닌지를 반성해 보아야 할 것이다.

'배움'의 여정에서 몰입과 같은 깊은 학습이 이뤄지기 위해서 다양한 노력을 할 수 있다. 그중에서도 어린이에게 귀를 기울이는 것이 중요함을 기억해야 한다. 어린이가 교육현장에서 욕망을 억압받고, 통제된 몸으로 살아 내고 있지 않은가? 교육자는 아동의 최우선 이익을 원칙으로 아동이 그 속에서 해방될 수 있도록 혹은 더 나은 상황을 위한 시도를 해야 한다. 예를 들어 교사는 바슐라르의 상상력 이론에서 우리는 물질적 상상의 날개로 수직적인 상승을 꿈꿀 수 있다. 그것은 최초의 이미지, 일차적인 표상과 재현에 머물지 않고, 더 깊은 심연으로 우리를 이끌어 감으로써 해방하는 힘을 갖고 있다.

아이의 배움은 어떠해야 하는지를 다시 고민해 본다. 배움의 여정을 돌아보는 것은 어린이 혹은 교사들의 '배움'을 여는 자리로 나아가는 데 중요한 걸음이 될 것이다. 진정으로 몰입하며 배움을 체험했던 때가 언제였는지 오늘도 나에게 물어본다.

나를 뛰어넘게 하는 힘, '상상력'

'평생 해도 후회하지 않는' 일. 그 일을 '더 잘해 보자.'라는 마음
으로 마흔의 나이에 안정적인 직장을 내려놓고, 박사과정으로
진학했을 때, 막상 공부하고 보니 '일'과 '공부'는 지향점이 다르
다는 것을 절실히 깨닫게 되었다. 겉으로 보기에는 전문가로
서의 직업을 갖도록 공고히 하는 것처럼 보일 수 있었고, 오롯
이 학문에만 정진하는 듯이 포장할 수도 있었다.

그럼에도 불구하고 시간과 물질을 지급해서라도 얻고 싶었던
건 무엇이었을까? 주어진 일에 늘 해 오던 보상들보다 더 큰 꿈
은 현실을 뛰어넘게 만든 게 아닐까 싶다….

성찰일지(2016. 6. 11.)

군이 안정적인 자리를 내려놓고, 전적으로 연구해야 하는 일을 선택
하게 된 이유는 무엇이었을까? 그 이유는 가 보지 못한 길을 잘 해내고
싶은 '희망' 때문이었다. 내면에 버티고 있었던 상상은 보이는 세계의
'안락함'보다, 현실에 주어진 상황을 넘어서는 강력한 힘이기도 하였
다. 보이지 않는 미래에 대해 품어 보는 '상상력.' 이러한 상상력은 양

가 친척 하나도 없는 도시로 이사 와서 살아야 할 팍팍한 생활에 매이지 않도록 강력하게 이끌었다. 그리고 상상이 호소하는 '부딪힘'은 현실을 뛰어넘게 했고, '저항'하는 힘으로 나를 움직이며 삶에 큰 파장을 일으켰다.

상상력(想像力)이 갖는 힘. 영유아 교육에서 '상상력'은 어떤 의미가 있을까? 교사는 상상력의 영역을 어떤 관점으로 바라보아야 하는가? '상상력'에 대해서 Egan은 교육의 미래를 열고, 미래의 학교를 디자인하는 것이다. 기존의 교육은 '교육과정 내용'이 가장 중요한 소재이고, 알아야 할 최상의 지식으로 간주했다. 또한, 교육기관에서 교육과정의 '내용', '지식' 등은 학습자에게 '전수'되어야 하므로 학습자의 '사회화'는 당연시했다. 이에 대해 Egan은 기존의 교육은 인간의 감정, 의도, 의미와 관계없는 지식을 축적하는 형태로 상상력의 역할을 잘 끌어내지 못한다고 보았다(Egan, 2014). 즉, 상상력과 인간의 정서가 결합하지 않은 인지 활동은 적합하지 않음을 지적하고 있다.

기존의 교육이론이 지식의 변화와 학습자의 성장을 도외시 하고, '기계적인 교사', '수동적인 학습자'에게 '고정된 지식'을 전달하는 것은 학습자에게 내재한 상상력의 발현을 막는 것이 될 수 있다. 이러한 관점에서 볼 때, 교수학습과정은 어린이의 상상력을 적극적으로 활용해야 한다는 태도를 보여야 하고, 상상력 활용 교육이론과 실천되어야 할 것이다. 또한, 그는 문화적 도구를 학습하여 지적인 도구를 전환하는 역할을 하는 것이 '상상력'이라고 하였다.

여기서 '도구(道具)는 어떤 일을 할 때 이용하는 소규모 장치'를 말한다. 도구를 학습함으로써 인간은 자신의 인지 도구를 최대한 전환하고 활용할 수 있는 능력을 계발할 수 있게 된다고 해석할 수 있다.

한편,《공기와 꿈》에서 바슐라르는 상상력의 본령이 이미지를 변형하는 능력으로 본다. '상상력'이란 말은 이미지가 아니라 상상 영역(상상 세계)에 가까운 뜻이다. 어떤 이미지의 가치는 그것이 가지는 상상 영역의 후광이 얼마나 넓은가에 따라 측정되는 것으로 볼 수 있다(Bachelard, 2014).

상상력을 통해 우리는 사물들의 통념적인 추이를 벗어나게 된다. 나의 경험에서도 원장에서 학생으로 변화를 경험한 것은 새로운 삶을 향해 비상하는 일이었다. 나의 자리를 뛰어넘고, 다시 비약하는 힘은 내면의 사유를 일으키는 '상상력'이 아닌가 생각해 본다.

그리고 바슐라르의 상상력 이론으로부터 우리는 몇 가지 상상력 교육의 조건을 상정해 볼 수 있다. 상상력의 교육은 피교육자의 상상력으로부터 단번에 풍부한 이미지와 상징들이 솟구쳐 나오기를 기대해서는 안 된다. 상상력 교육은 피교육자들을 외적, 사회적 문화로부터 보호하고, 상상력이 막힘없이 흐르도록 해야 한다. 아이에게 일시적인 창의성만을 강요하는 개방적인 듯이 보이지만 사실은 잘못된 교육학은 아이에게 상투적인 표현 또는 미완성의 것들에 대한 객관화를 요구한다. 상상력 교육은, 아이의 사고의 자유를 또는 원초적인 이미지들의 변형시키고, 원형의 기반 위에서 상징을 확장하는 조건들을 찾을 수 있는 교육이라야 한다. 어린이집에서 획일적인 찰흙 조형의 유형만을 제공하는 것에만 그치지 않고, 물질적 상상력의 조형성을 추구하면 어떨까? 찰흙의 말랑거리는 성질 속에서 더 많은 변화를 열어 두는 방향으로 나가야 하지 않을까? 그렇다면, 우리는 어떤 노력을 더 할 수 있는가를 깊이 논의할 수 있어야 할 것이다.

나는 열정적으로 사는가?

내가 만난 최고의 교사들은 하나같이 열정적인 사람들이었다. 그들의 열정은 항상 암담해 보이는 현실도 빛으로 바꾸는 듯했었고, 그들을 만나는 나도 금세 열정에 전념됨을 경험할 수 있었다. 그런데 이러한 열정은 교사들이 학부과정에서, 혹은 교사가 된 이후의 재교육 과정에서도 중요한 가치로 강조되지 않는다. 그저 한 개인의 소양 정도로 치부하고, 관심을 두지 않은 채 교사 스스로 열정을 가져 주기를 요구할 뿐이다. 그렇지 않은가.

성찰일지(2018. 6. 7.)

나는 원장이기도 했고, 교사이면서 학생을 가르치는 사람이기도 했다. 일인 다역을 감당하면서도 내 삶을 가장 열정적으로 살아 내지 못한 시간과 공간을 생각한다면, 아쉬운 지점들이 너무 많다. 어린이집과 같은 직장에서 '원장' 혹은 '교사'로 살아갈 때는 '열정'이 나의 일을 더 돋보이게 하는 필수 요소로 꼽을 수 있다. 그래서 교직원 채용 면접에서도 열정이 있는 교사인지를 살피며 질문도 했었다.

하지만 정작, 열정을 무엇으로 생각하는지, 왜 열정적인 교사를 선호하는지를 깊이 생각해 본 적이 적었음을 발견하게 되었다. 잠시 원장의 자리를 내려놓고, 숨 고르기를 하는 지금은 교사도 원장도 아닌 보통 엄마이자 학생일 뿐이다. 그래서인지 열정으로 가르침을 해야 할 때 '보이지 않았던 것'들이 지금은 조금씩 보인다. 교육현장에서 교사의 열정이 '필수적인 요소'가 되는 것은 앞서서 살아온 선배들의 삶에서 오롯이 녹아 있음을 알 수 있다. 이미 확증하여 보여 준 그들의 삶에서 '열정'은 대단한 연구결과보다도 강력하게 나에겐 인식되어 있다.

'열정'이 풍기는 기존의 이미지를 밥상으로 비유했을 때, 없어도 되는 반찬 정도로 생각했던 것 같다. 왜냐하면 '열정'은 교사와 관련 행정가뿐만 아니라, 인간이 삶을 살아갈 때 사람이 갖추어야 할 개인적인 자질에 해당할 만큼 '긍정적이고 진취적인' 사람에게 찾아볼 수 있는 요소라고 생각했기 때문이다. 사회인으로 살아가는 성인은 저마다 속한 직장에서 '열정'을 강요받을 때가 많다. 열정이 있어야 하는 목적으로 '성공'이 맞물려서 회자하는 것을 쉽게 들을 수 있다. 특히 사회 초년생으로 살아갈 때 '열정'은 공통으로 손꼽을 수 있는 특징으로 볼 만큼, "여기 ○○○ 교사는 신입이지만, 아이들을 매우 열정적으로 잘 돌보고 하는 일에도 열정적입니다."라고 소개하는 말을 쉽게 들곤 하였다.

흔히 들어 왔던 '열정'이 왜 교사들에게 필요한지, 반드시 있어야 할 요소인지를 밝히기는 간단치 않다. '열정'은 교사가 갖추고 있으면 좋겠으나, 교사가 반드시 갖추어야 할 자질 혹은 핵심의 요소로 말하지는 않는다. 그런데 정작 나 자신에게 이 열정을 적용해서 진지하게 생각해 본 적은 거의 없었던 것 같다. 이미 알고 있었지만, 진지하게 반성적으로 성찰하지 못한 것도 사실이다. 기존에 내가 배워 온 방식들이, 기존의 거대 담론 때문이라고만 치부하기에는 나 자신의 성찰이 너무나 부족한 건 사실이다.

　교직의 삶은 내 일상에도 연결되는 것이고, 삶과 일이 분리되어 열정은 교실에서, 어린이집에서 일하는 가운데 있는 것도 아닌 것 같다. 교실에서 자기 자신의 성찰은 일상으로 살아가는 나에게도 영향을 미칠 것이다. '쉼'을 하는 순간이 낭비고 효율성을 떨어뜨린다고 우려하는 것도 어쩌면 '분절된 사고의 틀' 속에 갇혀 있는 모습. 분절된 생각은 이전에 배운 사랑으로 가르치기는 그 사랑의 내용으로만, 열정은 또 다른 것이기 때문에 이것을 배우고 익혀 실천해야 한다는 부담감이 계속 생길 수도 있다.

　아무도 직접적인 부담감을 주지 않음에도 불구하고, 교실에서, 보육 현장에서, 놀이 안에서, 배움의 과정 안에서 그저 그렇게 살아 내고 있는 것을 느낀다. 사랑의 속성에 열정과 헌신이 있었고, 열정과 헌신은 따로 떼어 내서 함께 어우러질 수 있다면 얼마나 좋을까 싶다.

　"지금, 이 순간, 나는 무엇에 열정으로 가르치기를 하고 있는가?", "지금까지 나의 삶에 가장 열정적으로 가르치기를 했던 순간은 언제였는가?"를 내게 물어본다. 이러한 물음 앞에 당당할 수 있는 용기가 절실히 필요한 순간이 바로 지금이다. 상황과 일이 열정을 요구해서 열정 있게 산 사람이어도 좋겠지만, 매 순간을 열정적으로 살 것을 품는 나여도 좋겠다.

살맛 나고, 일 맛 나는 학교

나는 '꿈을 꾸는 사람은 꿈같은 일이 꿈같이 이뤄진다.'라는 말을 믿는다. 지난 3월, 《유진의 학교》를 처음 읽은 날에서부터 지금 이 글을 쓰는 이 순간까지 내 안에서 작은 변화들이 일어났다. 비록 작은 변화지만, 수년 동안 내 몸과 생각을 지배해 왔던 것을 해체하고, 본질이 무엇인지를 보려는 시도에서 촉발했다고 볼 수 있는 것이다. 생각의 변화는 천천히 그리고 지금도 진행 중이고, 내가 세우고 싶은 학교 또한 생각 중의 하나일 수 있다. 학교를 세우는 것은 종국의 내 꿈이 될 수 있다. 꿈의 특성상, 현재에는 도달할 수 없다는 것을 기본 전제로 하며, '상상의 영역'으로 고이 간직하고 있다고 볼 수 있다. 그러나 나는 지금 학교를 세우는 '리더'가 되어, 구체적인 준비를 한다는 '상상력'을 더해서 이 글을 써 보고자 한다. 단지 이 글은 내 머릿속에만 존재했을 '학교의 이미지'이기 때문에 어느 정도는 한계가 있을 것이다.

성찰일지(2016. 6. 3.)

내가 꿈꾸는 학교는 나의 어릴 적 꿈과 맞닿아 있다. 나의 꿈은 '좋은 교사'가 되어 세상의 아이들이 행복한 성장을 이루는 것이었다. 결국, 직업으로 '교사'의 일을 했기에 꿈을 이룬 것으로 볼 수도 있지만, 현실의 내 모습은 사뭇 다를 때가 많았다. 원장이 되어서는 '좋은 교사, 행복한 아이들'이 사는 어린이집을 만들고자 열정과 헌신으로 일했다. 나의 열정은 함께 일하는 교사들에게 때론 부담으로 옥죄였다. 내가 무엇을 위해 일하는지 회의를 느끼며, 애초에 품었던 꿈은 '우리'의 공동체 속에는 먼 이야기로 퇴색되어 감을 느꼈다. 원장 6년 차가 되는 해, 나의 배움이 고갈되어 가고, 내적인 빈곤이 느껴져 안정적인 어린이집과 직장을 모두 내려놓았다.

사실 나는 어떤 원장이 되고자 준비하지 않았고, 그저 교사가 천직이라고 생각했던 한 사람으로 오랫동안 현장에 있다 보니 원장을 하게 되었다. 근본적으로 내가 세울 기관에 대해 확고한 신념을 갖기 전에, 운영 계획을 세울 줄 아는 식견만 내세웠던 원장이었다. 말하자면, 뜬구름 같은 생각만으로 좋은 어린이집을 만들겠다며 덤벼든 격이다. 그렇게 일터에서 벗어난 지 1년 6개월 동안, 나를 객관화해 보고, 반복적으로 성찰하는 기회를 얻었다. 몹시도 쓰라리고 아픈 시간이었다. 내가 행했던 열정과 헌신이 허상에 불과했고, 그동안 내 모습의 교만함과 무지를 깨달을 수 있었으며, 이것을 인정하는 것 또한 힘든 과정이라는 것을 알았다. 그리고 나서 내가 무엇을 버리고, 어떤 것을 다시 새롭게 세워야 할지를 다시 원 자리에서 고민해야만 했다.

이러한 여정 가운데 큰 그림이 생겼고, '살맛이 나고, 일 맛 나는 학교'가 첫 번째 그림이다. 일종의 교육 이념을 담은 '캐치프레이즈' 같은 것이다. '살맛 나고'는 나와 교사, 아동, 학부모 모두가 각자의 고유성을 지닌 존재임을 인정하고, 각자의 존재를 발현할 수 있는 지향점을 가진 말의 상징이 될 수 있다. 인간의 만남이자 관계는 교육을 위한 바탕인 것이다. 이것은 상호 존중의 교육이기도 하다. 상호 존중의 교육은 사람인 아이, 교사가 모든 교육의 주체가 되어야 한다. 학교의 철학이기도 한, 인간의 '고유성'은 각자의 고귀한 존재로 존중을 받고, 고유성을 드러내는 교육과정으로 실천될 것이다.

'일 맛 나는 학교'는 교육의 대상인 아이들을 만나는 교직원들이 주체성을 발휘하며 '학습공동체'를 만들고자 하는 뜻을 포함하고 있다. 학교에서는 '일'을 '놀이'처럼 재미나게 했으면 좋겠다. 그리고 상호 존중의 만남 속에서 따뜻한 교육이 실천되고, 더 나아가 좋은 시민으로 주체적인 목소리를 내는 사람으로 교육할 것이다. 더불어 교사들은 영혼의 성숙을 돕고자 애쓸 것이다. 또한, 공동체적인 관점에서 나만이 아니라, 나와 교사, 아이와 부모, 지역사회 안에서 좋은 삶을 위해 풍토를 조성해 나갈 것이다.

그러나 이러한 학교를 세우고 싶은 꿈은 '교육 이념'에 가깝고 추상적인 한계가 있다. 이러한 생각은 하나의 구상에 그칠 뿐, 아직은 구체적으로 실행해 나갈 수 있는 세부적인 도구를 갖지 못했다고 볼 수 있는 것이다. 유아교육 기관 운영에 포함하고 싶은 것을 제시해 보면, 첫째는 '간소화'이다. 현재 유아교육 기관의 대부분은 교육과정, 일과, 운영 관리 영역 등으로 기관장은 많은 일을 관리하기에 급급하고, 리더 역할에 어려움을 겪고 있다. 기관장뿐만 아니라 교직원, 아이들도 마찬가지다. 교사들의 각종 문서는 사무 행정 분야와 분리하여 교육과정 운영에 집중할 수 있도록 초점을 맞추고, 필요한 문서는 최소화하되 교사가 보다 '어린이'와 '놀이'에 집중하도록 한다.

둘째는 '학습공동체'로 나아가는 실행 공동체를 만드는 것이다. 부모와 교사는 항상 만남과 소통의 장이 열려 있고, 학교의 실천은 정기적으로 공유하고, 참여의 방안을 모색함으로써 협력적인 관계를 만들어 가고 싶다. 물론 주축은 교사들이다.

교사들은 더욱 수평적인 관계를 맺으며 기존의 회의는 '일상 Talk'와 고민, 갈등, 실천의 이야기로 재교육의 기능을 병행하는 것이다. 또 무엇이 있을까? 그러기 위해서 지금의 사유는 더욱 구체화할 수 있는 생각들로 더 채워 나가도록 해야 할 것이다. 단번에 할 수 있다면 얼마나 좋을까. 비록 사유에 그칠지라도 멈추지 않고 계속 생각의 길을 열 수 있기를 꿈꿔 본다.

여기서, 잠시 멈춤!

다음 질문의 의미를 먼저 떠올려 보며
나의 생각을 정리해 봅니다.
그리고 행간의 의미를 생각해 본 나의 생각을
동료 교사에게 공유하고,
나의 생각과 어떤 점들이 같고, 다른 점은 무엇인지를
다시 한번 마음에 새겨 봅니다.
교사의 성찰은 수업의 질을 향상 시키려는 것만을
지향하기보다는
단순히 수업을 반성하는 차원이 아니어야 합니다.

나는 어떤 교사인가?
나는 어떤 교사가 되고 싶은가?
나는 어떤 교실을 만들고 싶은가?

교사는 교육과정의 실행 주체자인가?
나는 사랑과 열정으로 가르치는 사람인가?
나는 어린이를 고유성을 가진 유능한 존재로 보는가?

따뜻한 보육은 무엇 때문에 중요한가?
우리 교실의 공간은 어린이와 교사가 잘 놀 수 있는가?
어린이집은 함께 성장하는 학습공동체인가?

이러한 생각을 실천하기 위해 나는 무엇을 해야 할까?
성찰의 시간을 만들려면 나는 어떠한 계획을 할 수 있는가?

영유아 교사들의 실행연구

나

살펴보면 나는

나의 아들의 엄마이고

나의 언니의 동생이고

나의 오빠의 동생이고

나의 남편의 아내이고

나의 선생의 제자고

나의 제자의 선생이고

나의 나라의 납세자고

나의 아파트의 입주민이고

나의 친구의 친구고

나의 학교의 학생이고

옛 어린이집의 원장이었고

옛 어린이집의 교사이었고

나의 집의 어머니이다.

그렇다면 나는

어린이집과 살며 가르치며 꿈꾼 성찰일지

딸이고, 엄마이고, 동생이고, 제자고, 납세자고, 입주민이고,

친구고, 학생이고,

원장이었고, 교사이고, 어머니이지

오직 하나뿐인 나는 아니다

나도 나를 모르는 나를 그렇게 말하는가?

과연 나는 무엇인가.

성찰일지(2016. 4. 23.)

김광규 시 〈나〉를 개작한 **時**

'나는 어떤 교사였는가?' 또 나는 '어떤 원장이었고 어떤 원장이길 원했던가?'에 대한 질문이 내 안에 반복되어 물음으로 다가오는 것을 느꼈다. 나는 '술어적인 주체'에 그치며 그것에 별다른 갈급함 없이 살아왔다. 그런데 왜 지금의 나는 이 사실이 편안하게 느껴지지 않을까? 결국 나 자신의 삶에 주체자로 성찰한 바를 실천해야 하는 것이 중요하다는 결론에 이르렀다.

그런데 원장이기도 했던 나를 돌아보면 석연찮은 부분이 한둘이 아니다. 그중에서도 나의 경험에서 본 실행연구를 《영유아 교사의 리더십》 책과 연결 지어 보면서, 그동안 구체적으로 고민하지 않았던 일들을 회귀하고, 스스로 자문하는 시간을 갖게 되었다. 나에게 성찰의 시

간은 단순히 나 자신을 성찰하는 문제라기보다는 현재 내가 사는 삶으로 시공간을 초월하며 사유하는 통로가 되어 왔다.

주로 경험했던 현장연구는 원장인 내가 '문제'라고 인식한 것에서부터 출발했었다. 문제의식이 나로부터 시작했기 때문에 내가 규정한 문제의식을 교사들에게 이해시키는 방향으로 일이 진행되는 식이었다. 어린이집 공동체 안에서 교사들은 별로 문제라 규정하지 않았었고, 겉으론 원만하게 돌아가는 것 같은 일들이었다. 좋게 말하면 안정적이고 정돈되어 보이는 것이고, 비판적인 시선으로 보았을 때는 폐쇄적이고 조용한 분위기였다.

사실 그게 내겐 늘 불만이었다. 교사들은 나에게 왜 어떠한 것을 하자고 먼저 말하지 않았던 것일까? 교사들은 출근하면서 원장실을 들러 간단히 인사를 했다. 그리고 교실을 돌아보는 시간, 그 일상의 순간에 나는 그들과 소통을 시도했다. 직관적으로 보이는 것들은 라운딩 속에 전달해야 하고, 지시해서 개선으로 해결해야 하는 것들이었다. 초임 원장 때의 난, 매일 9시가 되면 교실 라운딩을 했다. 각반을 돌아보면서 빈틈없이 학급 운영을 해 나가도록 '세부적인 지시'들을 알려 주는 것이 최선이라 생각했다. 혹여나 미비한 점이 보일 때, 교사들은 당장 그 부분을 개선해야만 했다. 그러한 조직의 분위기 속에서 학급 운영을 하나만 해도 "늘 바빠요. 정신없이 하루가 지났어요.", "또 그걸 놓친 것 같아요." 이렇게 내가 만난 교사들은 이와 비슷한 의미의 말들을 고백했다.

교사들은 나름대로 주어진 현실 속에서 최선을 다했음에도 유사한 상황들이 반복되었다. 왜 그랬을까? 우리나라 보육 현장의 구조 탓이라고 하기에는 지나치게 일반화하는 오류가 있다. 그렇다면 원장인 나의 문제가 있거나, 어린이집 조직 자체의 문제 혹은 교사 개인의 문제로 원인을 분석할 수 있다. 이 세 가지 중에서 가장 유력한 원인은 원장으로 볼 수 있다. 왜냐하면, 다수의 교사가 공통으로 말했음에도 나는 그 고백들을 진지하게 성찰하지 않았고, '나', '너'의 문제로 보고 개선하고자 할 또 하나의 '일'로 보았기 때문이다.

반복되는 일상 속에 원장이 매일같이 라운딩하고 확인하는 일은 스스로도 중요한 임무로 보았고, 교사들 또한 그 순간에 어떤 일들이 벌어질지 충분히 예상했을 것이다. 그렇게 충실한 임무 수행이 조직에 어떠한 영향을 미쳤을까? 진정으로 나 자신과 교사들에게 도움이 되었을까? 솔직히 이 물음에 자신 있게 대답하지 못하겠다. 때때로 나는 어떤 원장인지 그들에게 물을 때가 있었다. 그들은 원장이 매번 뭔가를 제시하고 도전하는 일을 대단함 정도로 의미를 두면서도 솔직히 말하면 감내해야 할 것들이 두려워 솔직하게 직언하는 사람은 드물었다. 적어도 난 그렇게 느꼈다.

매년 어김없이 개인적으로 관심을 가졌던 현장연구 혹은 실행연구를 나는 교사들과 함께할 것을, 여러 기회를 만들어 제안해 왔다. 교사 개인 혹은 집단 안에서부터 발생한 문제의식보다는, 나의 문제의식에 동조하는 교사들로부터 힘을 입고, 동기 부여하는 식으로 진행되었던 것이었다. 실행연구는 이 책에도 언급하고 있었지만, 집단을 구성하고 있는 사람들의 문제의식과 공유, 함께 해결하고자 노력하는 것이 매우 중요함을 볼 수 있다.

'실행연구(action research)'라는 용어를 살펴보면, 이는 연구자에 따라 다양한 이름으로 사용되고 있다. 실행연구는 교육, 전문성, 관리 및 조직 개발을 위한 적절한 연구 패러다임으로서 확립됐다. 결국 '실제가 (practotooner)'는 이러한 것에 더욱 개방적이고 반성하는 방법으로 관여함으로써 방법론이 만들어진다고 볼 수 있다.

그럼, 나는 실행연구를 통해 영유아 교사의 리더십을 생성하는 사람이었던가? 겉으로 보기에는 '실행연구'를 이끌어 가는 원장으로 교사들과 함께 연구공동체를 만들어 가고 있는 듯 보였을 수도 있다. 앞서 자성했던 것과 같이 나는 진심으로 교사들이 리더십을 주도하는 사람이라고 바라보지 못했다. 이러한 관점 때문에 처음 의도는 진정한 자발성을 만드는 데 역부족이었다. 그래서 매번 열정적으로 일한 후에는 회의감으로 힘든 시간을 보냈다. 일에 지친 교사들은 원장이 또 무언가를 하나 싶어 내심 부담스러워 했었다.

그들과 함께한 실행연구에 나의 영향력은 무엇으로 평가할 수 있을까? 진심으로 그들과 소통하려고 했고, 그들과 함께 현장의 문제를 해결해 보고자 도전했던 원장. 겉으로 볼 때 나의 리더십에 문제가 있다고 생각하지 않았다. 그런 공격을 받기보다는 잘하는 듯 들려오는 피드백을 들을 수도 있었다. 그러나 어느 정도 시간의 흐름 속에서, 나는 교사들에게 적극적으로 내적 동기부여를 받지 못함을 알 수 있었다. 왜 나는 그들이 교사로서 리더십을 발휘하게 할 수 없었던 것인가? 상하 전달식의 일이 아니라, 더 수평적인 관계로 소통하지 못했을까? 지금 돌아보자 아쉬운 구석이 너무 많은 것을 느꼈다.

오래전부터 좋아하던 '김광규 시인'의 시집을 다시 꺼내서 읽어 보았다. 내가 나를 이해하는 데 이렇게 오래도록 시간이 걸렸는데, 나는 교사들을 얼마나 한 사람 한 사람의 존재로 보기를 갈망했었던 것일까. 진심으로 그러지 못했다는 것이다.

현장을 벗어난 시점에서 다시 '실행연구'에 있어서 나의 경험을 해체하고, 다시 그 의미를 짚어 보려 한다. 그런데 나의 마음이 아픈 이유는 뭘까. 교사들을 동료로 느끼고 진심으로 잘 대하는 사람이라고 자부했었는데 그런 나를 경험했던 교사들은 다르게 느꼈겠다 싶은 생각이 강하게 들었기 때문이다. 잘하고 싶었던 욕심이 좋은 실적을 얻긴 했으나, 진정으로 교사들에게 배움이었는지를 짚어 보면, 그렇지 못했기에 좋은 의미의 리더십을 발휘하지는 못했다.

이제 나는 새로운 꿈을 꿔 본다. 그 꿈들은 아직 추상적으로 마음속에 있지만, 분명한 것은 내 마음에 있다. 완벽한 실행이 아니어도, 앞으로의 나는 한 사람인 교사, 각 사람이 지닌 본연의 존재를 바라보고, 서로에게 배우고 익히려는 개방된 마음으로 소통하며, 시간이 걸려도 우리가 '함께' 이해한 것을 현장의 문제들을 개선하는 방향으로 '좋은 교육'을 만들어 가는 것이 아닐까. "지금 나는 어떤 실천을 해야 할까?"

소외된 지식은 무엇인가?

소외된 교사를 만나게 되면 그날로부터 내 마음에는 남의 일처럼 느껴지지 않는다. 원장으로 뭔가 더 그 사람에게 지원을 해야 할 것 같은 부담감을 갖는다. 아이들도 마찬가지다. 다양한 계층, 문화, 가치관 등의 사람들이 내가 운영하는 어린이집에서 그들에게 소외되는 지식이나 규칙이 있지는 않을까 늘 조심하게 된다.

성찰일지(2020. 7. 19.)

철학자 '푸코'는 교육 분야를 초월하여 정치, 경제, 사회, 심리학, 의학 등을 연구하고 고민하는 사람들에게 주목받아 온 인물이다. 푸코는 《지식의 고고학(archaeology of knowledge)》과 《계보학(genealogy of knowledge)》의 방법을 통해 성, 의학, 학교, 정신병 등의 역사적으로 구성된 통념들에 남다른 문제의식을 느끼고 그 원천을 드러내고자 하였다(Cherryholmes, 1998).

그의 이론에 따르면 지식이란 언제나 변하는 것이며, 인간에 의해 다양한 형태로 구성되는 것임을 알 수 있었다. 우리 역사 속에 만연한 수사학적 서술 방식에 의해 누구의 진실이 감추어졌는가? 어떠한 지식이

제외되었는가? 특정한 집단이 담론적 지식이나 진리의 구성을 통해 어떠한 방식으로 통제하였는가? 우리가 알고 있다고 생각하는 지식이나 규범은 결국 누구에 의한 권력, 힘의 논리가 있지 않은가? 이러한 물음 중 특히 나에게 중요한 의미로 와닿은 것은 '소외된 지식은 무엇인가?'이다.

푸코에 의하면 인간은 역사 연구를 통해 만들어진 존재로 보고 있다. 근대의 학교와 교육은 계보학의 방법을 통해 어떤 의미가 있었던 것인지를 드러내었다. 사회의 기관으로 존재하는 '학교'는 많은 인력을 창출했다. 이러한 학교가 설립하게 한 이들의 논리는 지식으로 담고, 학교와 관련된 언어와 지식의 형태는 전반적인 교육 환경에 있어서 교사와 부모, 아동을 통제하게 된다는 것이다.

교육의 본질은 '인간의 존중이나 인간의 자아실현'과 같은 목적에서 출발하였을까? 학교는 시대와 국가에서 요구하는 지식을 전달하는 목적을 수행하는 요구를 반영하는 것으로 우리가 생각하는 교육적 이상과 동떨어져 있다는 것이다. 즉 교육은 지식을 통제하고, 그 틀을 국가와 사회 속에서 요구하는 지식을 견고히 하는 '권력'으로 작용한다는 것이다. 푸코의 힘의 문제는 하나의 지식을 채택하고 이 외에는 소외되는 것과 마찬가지였다.

교육뿐 아니라 정신의학이나 영국에서의 지리 교과 등 사회학적 맥락에서 필요한 과학적 지식은 힘을 양산하는 권력으로 작용함을 알 수 있었다. 그리고 근대 역사 속에서 우리나라의 학교 교육에서 다루고 있는 국가 수준의 교육과정에서 표방하고 드러내는 것을 '홍익인간(弘益人間)'이라 한다면 교육과정의 내용과 교수학습 방법은 그러한 목적을 실행하도록 하나의 방향을 표방하게 된다. 푸코의 이론에 따르면, 우리나라의 누리과정에서도 결정된 교육과정 내용은 소수자들의 이념과 논리는 지식을 통해 힘을 전수하는 권력의 장치가 된다는 것이다.

이러한 맥락에서 볼 때, 구조주의(構造主義) 관점에서 교육은 사회의 통제 수단과 도구로 전락한 것처럼 주류의 지식만을 다루고 있다는 것에 수긍이 된다. 실제로 우리나라 교육의 현실을 보면 푸코가 말하는 '정상과 비정상'이 극명하게 존재하기 때문이다. 이는 교육의 본질에서 멀어져 있을 뿐 아니라, 학교 교육을 실행하는 교사들의 교수 방법, 학습자와의 관계, 생활, 문화에까지 현재까지도 넓게 영향력을 미치고 있다.

특히 '시험'은 학교 체제의 계량적인 평가 도구이자 목적을 전수하고 권력을 쉽게 만드는 중요한 힘이다. 시험의 내용과 평가의 전략은 그들의 '이데올로기'에 맞는 지식이 정상으로 받아들여지고, 다른 편의 해석이나 선택은 비정상으로 판명되게 한다. 결국, 인간이 자기 삶의 주체자로서 선택한 것인 정해진 규준에 맞지 않을 때는 비정상으로 내몰릴 수 있는 것이다. 아동과 교사를 그들의 삶의 연속성에서 바라보지 않고, 삶의 주체로서 '탈 역사성'으로 규정짓고, 그들을 어떤 '고정적인 틀' 안에 가둬 버리면 교육은 본래의 목적과 같은 본질에서 벗어날 수 있을 것이다.

최근 우리나라의 교육현장에서는 기존의 담론을 넘어서서 교육과정을 실행하는 주체로서 교사의 목소리가 흘러나오고 있다. 유아교육의 분야에서도 후기 구조주의 방향으로 아동과 교사를 교육의 주체로 보고, 그들의 독특한 목소리를 나타내며, 아동의 근원적인 체험을 제공하려는 시도를 하는 것이다.

그러나 이러한 노력을 해 왔음에도 불구하고, 여전히 국가 수준의 교육과정, 수업 설계, 교수 방법은 근대 담론의 지배적인 영향권 아래에 있음을 본다. 우리와 동시대에 살고 있는 어린이에게 영향을 미친다고 볼 때, 구조주의가 담론에 대한 비판을 간과해서는 안 된다. 오랫동안 인간 세계에서 폄하되어 온 인식론에서 감성적 작동을 거부하는 '인지 중심 인식론'이 구조주의의 특징이기도 하므로, 탈구조주의 관점에서 아동 중심 교육이 무엇인지, 교육 내용과 교수학습방법은 무엇을 담고 있어야 하는지를 다시 보고 또 논의와 실천으로 의도적인 노력을 해야 한다.

흔히 사람들은 동물이 '약육강식'의 사슬에 묶여 산다고 본다. 만물의 영장인 인간도 지배와 피지배의 틀 속에 갇혀 사는 것은 아닌지 푸코는 나에게 지금 물어온다. 푸코는 나뿐 아니라 그의 글을 만나는 수많은 영혼들에 울림으로 지금도 움직이고 있을 것이다. 소외된 교육의 주체자인 우리는 갈등하고 성찰하며 그 근원적인 물음에 순응하기만 하지 않는다.

지금도 이 물음에 대답하고자 사고할 때가 종종 있다. 이와 같은 사유로 움직이고, 잔잔한 물결을 일으키고 있다고 나는 믿는다.

만들어 나가는 '교사재교육'

자유학기제는 공교육 정상화를 추진하기 위해 학생들이 시험 부담에서 벗어나 행복한 학교생활 속에서 스스로 꿈과 끼를 찾고 창의성, 인성, 자기 주도 학습능력 등 미래사회가 요구하는 역량을 배양하는 것을 목적으로 한다.

교육부(2017)

"전 이제까지 많은 교육을 받고 잘해 왔다고 생각했어요…. 그런데 이번 현장연구에 참여하면서 정말 많은 배움을 얻었어요. 교사가 현장의 문제를 바라보는 관점이나 인식을 교육으로 개선할 수 있다는 것도 알았고…. 정말 자신감도 많이 생겼고. 이제 아이들과 무엇을 해야 할지도 선명해졌다고 해야 할까요…? 음. 확신 같은 마음을 느꼈어요."

성찰일지(2019. 12. 13.)

'공교육 정상화', '시험 부담 완화', '학생 참여', '다양한 체험활동' 등은 혁신 교육정책에서도 충분히 공감되는 흐름이다. 혁신학교로 대변되는 혁신 교육은 사실상 공교육 정상화가 목적이었다고 해도 과언이 아니다. 혁신학교의 기획들을 잘 살펴보면, 입시 위주, 강의식 위주, 암기 위주의 흐름을 보다 역동적인 흐름으로 정상화하는 데 초점을 맞추고 있다는 점은 잘 알려진 일이다. 이는 자연스럽게 학생들의 참여와 다양한 체험활동이 강화되는 방향을 갖게 된다. 정책의 변화는 정권이 교체될 때마다, 주기적으로 겪어 온 일이기 때문에 '이번에도 바뀌겠지.' 하며 냉소적인 태도를 보이기 쉬웠다.

그런데 지금까지 우리나라에서는 여러 정책을 펼쳐 왔음에도 교육현장은 쉽사리 바뀌지 않는 실정이다. '구조가 주체를 결정한다.'라는 푸코의 말처럼 우리 사회에 근대 담론으로 뿌리 깊은 영향력으로 인한 것인가? 특히 영유아 교육의 현장에서는 미국에서 들어온 유아교육 이론이 '정론'으로 인식하고, 의심의 여지없이 교수-학습 과정에서도 적극적으로 수용하여 적용하는 데 급급했었다. 발달 심리학에서 주장하는 '발달에 적합한 실제(DAP)'는 어린이를 바라보는 우리의 섬세한 관찰과 어린이에 대한 이해 이전에 기준으로 자리 잡는 데 큰 역할을 했다. 그뿐만 아니라 교사들 안에서는 DAP처럼 여전히 맹목적인 신화처럼 여겨 온 이론이나 통념에 거대한 담론처럼 존재하는 것도 사실이다.

자유학기제처럼 시시때때로 변화하는 정책에 따라 재교육이나 양성과정은 어떠한지 의문을 갖게 하는 대목이다. 탈구조주의적 관점에서 교육과정을 해석하고, 교육현장에서 새로운 관점에서의 수업을 시도는 아직은 소수이지만 목소리를 내는 것도 사실이다. 이러한 교육현장에서 교사는 교육과정 운영의 주체로 어린이와 동료 교사, 부모와 함께 교육과정을 다시 쓰고, 만들어 갈 수 있는 것이다.

그렇다면, 현재 우리나라에서 실시하고 있는 영유아 교사를 대상으로 하는 국가 주관의 재교육은 어떠한 관점에서 교사를 바라보고 있는가? 현실상 매년 주기적으로 실시되어 온 영유아 교직원 대상의 보수교육 및 직무교육은 '주어진 내용을 그대로 수용해야 하는 상황'을 고수하고 있다. 매번 반복적인 내용과 과목으로 이수했던 재교육은 교사에서 원장으로 직책을 달리할 때도 비슷한 내용으로 일관하는 문제가 있다. 따라서 우리나라의 영유아 교직원의 재교육에서는 영유아 교사가 '많이 알게 하는 것'에 치중했기에 오히려 성찰과 반성이 있는 진정한 앎으로 향하도록 고민할 필요가 있다(정선아, 2014).

또한, 우리나라 교육현장의 교사들은 위에서부터 내려온 하향식 정책 과제, 당연히 해야 하는 업무를 효율적으로 전달하는 것만큼이나, 교사들 스스로가 왜 이것을 전달하는지에 대한 성찰도 동등하게 중요히 다루어야 할 것이다. 이러한 과정을 중요히 다루지 않는 분위기 속에 놓인 교직 문화는 정책의 목표 달성이나 효율적으로 업무를 처리하기만 된다는 식으로 교사들을 '전달자' 혹은 '수동적인 역할을 하는 사람'으로 전락시켰다.

좋은 질의 보육을 추구하고자 선택한 재교육이나 양성과정의 교육에서 영유아 교사는 사고하는 사람으로서 어린이가 어떻게 학습하는지를 성찰하는 것이 중요하다. 즉 모든 교사는 그들에게 제공되는 정보의 비판적 분석에 대한 책임이 있고, 어떠한 문제를 직면했을 때 고유 문제에 대해 조심스럽게 생각하는 것은 중요할 수 있다. 이처럼 교사는 어떤 상황을 교육적 상황으로 만들 줄 알아야 하는 사람이고, 그가 처한 상황에서 교육할 수 있는 곧 성찰하는 사람이어야 한다(van Manen, 2012). 이러한 맥락에서 볼 때 재교육은 외부에서 주어진 보육 과정을 수동적으로 전달하는 것이 아니라 교직원이 보육 과정의 의도나 계획을 나름대로 이해하고 해석하며 현장의 맥락에 적합한 형태로 보육 과정을 구성하는 자가 되어야 할 것이다.

생생한 교육현장 이야기는 교사를 양성하는 과정에서뿐만 아니라 기존의 현장 교사들을 재교육할 때에도 감흥을 주고 도전이 되는 것이 될 수 있다. 천편일률적인 이론의 방법론이나 변하지 않는 발달심리의 내용이 주류를 이루는 하나의 목소리를 넘어서며 어린이의 다양한 목소리가 존중받아야 할 것이다. 가르치는 일이 본질이면서 실존적인 존재이기도 한 교사는 예비 교사로서 배움을 하는 과정에서나 자격을 이수한 후 배움의 여정에 있는 교사들에게 철학적 고민이나 반성은 중요하게 다루어야 할 '무엇'이어야 한다.

현장에서 겪는 교사들의 고민을 공감하고, 교육을 도구로 풀어내 만들며 함께 실행한 후에 고백했던 교사의 말에서도 나는 또다시 그들의 목소리에서 희망을 발견했다. 그들이 교육의 주체가 되도록 함께 만들어 가는 교사교육, 이제 더 만들어 나가야 할 의미는 충분하다.

어린이의 삶의 관점을 최우선으로

그동안 저는 어린이집 원장으로서 아동학대와 관련해 경험을 해 왔습니다. 아동학대는 단순히 어린이집과 가정에서 장소에 따른 것이기보다는 교사, 부모의 요인이 갖는 '특이성'으로 볼 수 있습니다. 실제로 어린이집 현장에서는 소리를 크게 지르고 나무라는 태도만 보여도 부적절한 행동이다, 아동학대라고 교사들에게 가르칩니다. 그런데 행위자가 교사인지, 부모인지에 따라 다르게 해석하는 인식 차이가 큰 현실 앞에서 교사들은 교육자로서 갖는 자괴감에 가까울 지경입니다.

일례로 까다로운 기질의 자녀를 둔 부모는 교사에게 "저는 우리 딸에게 매를 들어서라도 버릇을 고쳐 놓습니다."라며 부모는 그릇된 자신의 양육양식을 밝히다가도, 교사가 그 부모와 유사한 행동을 하는 교사가 있다면 오히려 교사의 자질을 운운하며 절대 있을 수 없는 일로 몰아가는 것이 정말 안타깝습니다.

보건복지부 주관 '아동학대 예방 포럼'에서(2019. 7. 19.)

위 사례는 보건복지부 주관으로 '아동학대 예방 포럼'에서 토론했던 원고의 일부분이다. 아동학대의 대상으로 '이중 잣대'를 내세우는 현실에 대해 나는 문제의식을 갖고 있었다. 그것은 바로 '아동학대'를 바라보는 관점과 해석하는 온도 차이다. 분명한 온도 차이가 존재함에도 아동학대를 판단하는 최소한의 적정한 기준이 모호한 점, 부모가 교사보다 학대 행위자임에도 불구하고 교사는 더 많은 재교육으로 미숙하고, 가르쳐야 할 대상으로 보는 관점은 풀기 어려운 딜레마이며 아동학대를 둘러싸고 있는 지배적인 시선이기도 하다.

물론, 교사는 '아동학대 신고 의무자'로서 윤리적인 책임이 중요한 것은 마땅하다. 그러나 교사의 특정한 행위의 해석이 부모가 행위 주체에 따라 다르게 해석하는 것은 신중히 생각해 볼 필요가 있다. 부모는 훈육이고, 어린이집 교직원일 경우에는 '학대'라는 논리는 과연 정의로운 판단인지 따져 볼 필요가 있다.

'아동학대'인지를 판단하고 해석할 때, 최소한의 기준선이 필요하고, 그 지침의 내용에는 어린이의 권리를 침해하지 않는 최소한의 원칙을 정해서 교사든, 부모든 간에 무엇이 학대인지를 명확히 설명할 수 있어야 할 것이다. 아동학대를 향한 관점 혹은 인식 차이를 극복하기 위한 노력으로도 무엇이 훈육인지, 학대인지에 대한 교육과 홍보가 지속하여야 한다. 포럼과 같은 시도와 끊임없는 도전으로 아동학대 문제는 좁혀 갈 수 있을 것으로 기대를 했었다.

결국, 2년이 지나고 보니, 사회적 합의를 통해 학대와 훈육 사이의 경계를 바라보는 어느 정도의 지침을 마련하는 노력 끝에 부모의 체벌권도 법으로 규제되고, 최근에는 아동학대 개정 매뉴얼도 개발이 된 것을 보면, 현장과 학계의 연대로 더 나은 결과가 도출되었음을 알 수 있다.

앞으로도 이러한 논의와 실천 과정에서 구심점은 '어린이의 삶은 행복한지'에 관한 '아동 최우선의 원칙'임을 잊지 말아야 한다. 실제로 현장에서 잘못된 훈육을 하는 부모 혹은 아동학대로 의심스러운 가정에서 성장한 어린이를 돌볼 때가 있다. 공통으로 어린이집에서 교사가, 원장이 할 수 있는 한계 지점이 있다.

학대받은 어린이는 어린이집 생활에서 무기력하거나 문제행동이 나타나고, 또래 간에 부적응 행동을 보이는 등 대부분은 심각한 후유증과 분노, 반항심, 불안감을 호소한다. 교사는 정서적인 불안감을 돌보고, 생활지도에 매달려야 한다. 상대적으로 다른 어린이는 교사의 관심을 받지 못하거나 잘 돌볼 수 있는 기회를 잃어버릴 위험에 노출된다. 이런 상황이 지속되면 교사 역할의 어려움이 과중되어 결국은 소중한 직업을 포기한 예도 있었다. 이처럼 교사의 잦은 이직과 퇴직은 보육의 질에 영향을 미치고, 어린이의 삶에 고스란히 부정적인 영향을 줄 위험성을 간과해서는 안 된다.

현장에서 고군분투하며 살아가는 교사들의 목소리에도 귀를 기울여서 지원 체계의 방향을 구체화할 수 있어야 한다. 또한 교직원을 대상으로 아동학대 신고 의무자 교육을 필수로 하듯, 부모교육의 구체성이 사회변화를 유도할 가능성을 열어 주며, '부모교육 의무화'를 현실화하는 방안을 강구해야 한다. 이후 3년이 지난 시점에서도 현재 어린이집에서 주관으로 하는 부모교육은 참여에 대한 강제성이 없고, 정작 부모역량을 키워야 하는 부모는 참여하지 않아도 대안이 없는 건 마찬가

어린이집과 살며 가르치며 꿈꾼 성찰일지

지인 상황이다.

　이제부터라도 교사뿐 아니라, 부모와 시민을 대상으로도 '어린이의 발달 이해', '존재 자체의 고유성을 존중하는 교육', '대화' 등을 사회적인 차원에서 지속 가능한 교육의 채널과 장기적인 방향과 '로드맵(Road Map)'을 마련해야 할 것이다. 그러한 교육이 병행될 때 부모의 잘못된 양육 방식과 인식을 개선하고 부모로서의 자기 이해와 역할을 성찰하며 부모 되기의 역량을 키워 나갈 수 있을 것이다. 우리의 어린이들이 건강하게 자라는 기본적인 권리를 침해하지 않고 보장하도록 처방식의 부모교육이 아니라 학령기, 예비 부모 시기부터 인간의 존재, 부모 되기 등에 대한 소양 교육을 지속해서 받을 방안도 더욱 구체화될 것을 기대해 본다.

집단지성(collective intelligence)

일상의 모든 것들이 달라진 것을 느낀다. 교육현장의 모습도 마찬가지다. 같은 공간에 살아가는 사람들과 거리를 두어야 하는 교육현장의 현실은 교사와 어린이, 교사와 부모, 교사와 원장, 그리고 이해관계자들의 관계에도 영향을 미치고 있음을 피부로 느낀다. 먼저 다가가서 말하는 것이 두렵고, 복잡하게 얽힌 교육적인 고민을 어떻게 풀 수 있을까?

성찰일지(2020. 2. 25.)

2020년 1월, 낯선 단어였던 '코로나'는 새로운 이름으로 세계 곳곳에 통용되는 '코로나 19'가 떠올랐고, 바이러스는 인간의 사고와 일상을 통제하기까지 되었다. 이처럼 심각한 수준으로 경제, 정치, 문화, 인간의 삶 전체 영역을 희귀한 바이러스 하나가 그렇게 만들었다. 어떤 수단을 동원할 수 있다면 위기를 새로운 기회로 만들 것이고, 이러한 난세 상황에 해결은 '협력'과 '도전정신'을 감내하는 사람들이 뒤따를 때 가능하다. 그럼 협력과 배려, 나눔이 있다고 쉽게 어려움을 극복할 수 있을까? 그렇게 단순하게 풀리지 않을 것이고, 문제 해결을 위한 각계 전문가의 '집성 지성'을 발휘해야 한다. 그것의 중요성을 인식한 시민들은 함께 목소리를 내며 실행해 나가려 애쓰지만, 선명한 변화를 끌어내는 것은 쉬운 일이 아니다.

그렇다면 어린이집에서의 집단지성을 생각해 보자. '중요하다면 무슨 이유 때문일까?' 등의 질문으로 다시 어린이집 현장을 살펴보았다. 이내 어린이집은 어느 곳보다 어린이집은 집단지성이 필요한 기관임을 깨달았다.

개정 누리과정에서는 학습자가 주체가 되어 새로운 아이디어와의 만남과 깨달음을 통해 타인과의 관계 속에서 지식을 구성해 가는 과정으로 사회 구성주의 인식론적 관점에 귀를 기울일 필요가 있다. 자신의 경험에 의미를 부여하고 세상을 이해하고자 하는 어린이는 이 과정에서 능동적으로 자기 생각을 끊임없이 재조직하고 수정해 나가게 된다. 교사도 마찬가지다. 어린이와 교사는 각기 경험의 역사가 다르다. 여러 상황에 놓인 어린이와 교사는 교실에서 서로의 생각을 대화하고, 서로 다른 생각을 가질 수밖에 없다. 특히나 장시간 단 하나의 공간에서 함께 지내는 어린이와 교사는 역동적인 만남 안에서 자연스럽게 갈등을 겪기도 하고, 상호 학습과 발달을 지원할 수도 있다.

교사 간의 만남은 교실에서 다양한 언어와 방식을 통해 생성하는 서로 다른 수준과 성격 등의 배움에 주목할 가능성을 열고, 이를 주목하는 교사들의 만남은 더 많은 가능성을 경험할 수 있을 것이다. 이러한 맥락에서 나는 집단지성을 발휘하는 교육적인 만남을 매일 교실에서 혹은 교사 협의, 교사 세미나에서 대화하고, 교류하며 새로운 가능성을 열어 갈 것을 목표로 정했다.

우리 어린이집에서 집단지성을 발휘해야 할 부분은 무엇일까? 교사들이 수동적으로 주어진 과제로 따를 것을 경계하고, 이 질문 앞에 진정으로 논의하는 할 수 있는 시간을 마련해야겠다.

셋

좋은 교육을
품다

따뜻한 돌봄

따뜻한 보육프로그램을 진행하면서 가장 기억에 남는 것은 아이들과 신체접촉을 더 자주 하였다는 점이에요. 영아반의 상호작용은 개별지원이 많아 일대일 상호작용을 하며 눈 마주침이나 접촉이 유아들보다는 많이 일어나지만, 교사가 영아와 친밀함 같은 것을 찾아보며 놀이를 생각하고 따뜻한 관계를 형성하기 위한 여러 가지 방안 및 실천을 통해 영아와 개별적인 상호작용이나 신체접촉을 더 자주 했고, 아이와 애착을 형성하는데 도움이 되었던 것 같아요. 그리고 교사 또한 개별 영아에게 관심을 가지고 반응하면서 애착을 더 빨리 형성하고 그에 대한 노력을 시도하고 실천했다는 점이 어린이집 적응과 일과를 진행하면서 더 많은 도움이 되었어요. 영아들이 어린이집을 엄마와 함께 있는 것처럼 교사를 편안하게 생각해요.

일화(2013. 6. 6.)

위에 제시한 사례는 2013년 실시한 '온(溫)세상 온(溫)보육 프로그램'의 이름으로 현장연구를 하면서 영아반 보육교사와 인터뷰한 면담 내용 중 일부이다. 이 현장연구는 연구자가 원장으로 재직하면서 전국 어린이집 대상으로 실시한 우수 보육프로그램 공모전에서 '대상'을 받은 프로그램이다.

당시에는 '따뜻한 보육'의 중요성을 발견하고 따뜻한 돌봄이 필요한 영아들에게 현장에서 실천한 내용에 심사위원들의 호평을 받았었다. 이 프로그램을 실시한 이유는 돌봄이 중요하다는 생각에서 시작된 현장연구였다. 직장어린이집을 운영하면서 돌봄이 보육의 근간이 될 뿐만 아니라, 일상을 살아 내도록 하는 구심점이 된다고 여겼었다. 해마다 3월이면 만 2세 40명의 신입 영아들이 동시에 어린이집에서는 적응했었고, 잘 적응시켜서 안정적으로 운영해야 한다는 부담감이 상당했었다.

적응 기간이 끝난 후에도 대부분 교사와 부모 관계에서 문제가 되는 상황들을 교사의 전문지식이나 교육 내용 관련 면담 요청보다는 "잘 돌봐 주세요.", "우리 애 잘 보살펴 주세요."라는 요구가 더 많았고 기초가 된다는 것도 경험했었다. 종종 '따뜻한 돌봄'이 중요하다는 것은 대부분의 영아반 교사들의 말 속에서도 들을 수 있었다. 돌봄이 중요한 것은 누구나 동의하였지만, 어린이집 현장에 영유아에게 놀이로 적용할 때에는 구체적으로 어떤 의미로 사용할 것인지는 모호함 그 자체였다.

어린이집 교사로 살 때나, 원장으로 살아갈 때도 보육이 지향하는 여러 목표 중에서도 '아이를 잘 살피는 따뜻한 돌봄(care 또는 caring)'이 가장 중요하다고 생각했기에 매해 교사들과 교사교육 하면서 그때마다 강조하였다. 그러면서 '따뜻한 돌봄'의 의미는 교사 간에도 다르게 이해하고 있음을 알게 되었다.

'돌봄'은 어린이집에서도 오래전부터 사용되어 온 용어이다. 보통 '돌봄'은 '보호'와 혼재해 사용하는 것을 볼 수 있다(한국보육교사회, 2006). '돌봄'은 무엇이고, 유사한 의미로 사용하고 있는 보호와는 어떤 다른 차이가 있을까? 트론토는 돌봄과 보호를 구별하는데, 돌봄과 보호는 모두 다른 사람들을 위한 부담을 맡는 것을 포함한다. 그러나 보호는 타자가 자아나 집단에게 가져올 수 있는 나쁜 의도와 해를 전제하고 그 잠재적 해에 대한 대응으로 나타나는 것이고, 돌봄은 타인에 관한 관심과 필요를 행동의 전제로 하고 있다는 점에서 그 전제가 다르다고 볼 수 있다. 또한 보호는 지속적이지 않고 일시적인 활동까지 포함하지만, 비교적 돌봄은 지속해서 이뤄지는 활동에 가깝다.

또한, 어린이집에서 사용하는 보육(保育)은 가정 등에서 유아와 아동을 보호하고 건강하고 안전하게 보호, 양육의 뜻이 있다. '보호(保護)'는 위험이나 곤란 따위가 미치지 아니하도록 잘 보살펴 돌봄도 포함하고 있어야 한다. 이때 돌봄은 '보살핌', '배려', '정' 등의 동의어로 쓰인다. 돌봄은 'care' 혹은 'caring'으로 '관계성'을 중요시하는 개념인데, 이것을 표현하는 과정에서는 '보살핌', '양육', '육아', '배려' 등으로 사용되고 있다.

'돌봄'을 하는 단계에서의 만남은 돌봄을 제공하는 사람과 돌봄을 받는 사람 간의 상호작용이라고 한다(이가형, 정선아, 2015; Goldstein, 2001). 유사한 용어로 사용되고 있는 '양육'과 '육아'는 아동에 대한 부모의 돌봄 관계를 나타내는 표현으로 혼용해서 사용하기도 하지만 '육아'는 조금 더 어린아이를 기르는 상황에서 흔히 사용되고, '양육'은 조금 더 포괄적인 연령의 자녀를 기르는 상황을 묘사할 때 더 자주 사용되고 있다. 돌봄이나 보살핌은 육아나 수발 등 모든 연령대의 돌봄을 아우르는 신(新)개념으로써 의미가 있다.

'사랑'이나 '돌봄'은 매우 좋은 것이기는 하지만 과학적 지식만큼 인상적인 것으로 이해하지 못했음을 지적하였다(Goldstein, 2001). 돌봄의 만남에서 돌보는 사람은 돌봄을 받는 사람을 전심으로 만난다. 돌보는 사람은 정성을 다하여 그리고 돌봄을 받는 사람의 관점과 상황을 수용하면서 자신을 연다. 돌봄은 돌봄을 받는 사람의 목적과 요구를 기꺼이 최우선에 두는 마음이기도 하다.

한편 돌봄은 '배려'로도 이해됐는데, 가장 기본적인 형태로서의 배려 관계는 배려자와 피 배려자라는 두 인간의 연관성 혹은 만남을 중요하게 여긴다. 《배려교육론》에서 친밀한 타인들과의 관계는 타인들과 배려 관계를 형성하고 유지하는 학습 방법을 학습하는 데 있어서 대화가 필수적이라고 한다(Noddings, 2002). 타인과의 만남에서 관계를 중요하게 보며 관계적(relational)으로 간주한다. 따라서 '따뜻한 돌봄'은 사람과의 관계 속에 만남을 전제로 해야 함을 알 수 있다.

어린이집 안에서 좁혀서 생각해 보면 어떨까? 어린이집에서 잘 보살피는 것은 돌봄을 전제로 한다는 것을 알 수 있다. 모든 상호작용은 돌봄의 관계로 들어가기 위한 기회를 제공하는 것이고, 돌보는 일은 유아교육의 기본적이며 필수적인 부분이며 유아 교육자들에게 요구되는 사항이다. 즉, 돌봄이 유아교육에서의 가르치는 일에서 중요한 위치를 차지해 왔다고 하였다 볼 수 있는 것이다(염지숙, 2005). 이처럼 돌봄은 기본적으로 현실 속에서 근원을 '관계성'에 두고 있는 윤리이기도 하다.

돌봄 윤리에 대한 입장을 수용하고 돌봄의 관계적 측면을 강조했던 Noddings는 윤리적 속성을 지닌 돌봄은 유아교육 그 자체이자, 교육의 목적이라고 강조하였다(Noddings, 2002). 따라서 어린이집에서 아이와 의미 있는 관계를 맺고 만남을 지속하는 교사는 매우 중요한 존재라 할 수 있다. 그리고 교사들은 아이들을 '잘 보살펴 돌봄'을 실천하기 위하여 돌봄의 의미를 이해하는 것부터 중요성을 인식하고, 원장은 교사들이 좋은 돌봄을 실행하며 실천을 거듭할 수 있도록 재교육을 지속해야 할 것이다.

전통교육에서도 '따뜻한 돌봄'을 찾을 수 있다. 일반적으로 우리나라 정서는 '정(情)'이 있는 문화라는 말을 쓴다. '정'은 사람관계에서 중요한 정서로 일컫는다. '정(情)'이 전통사회에서 근원을 두고 있는 말이기도 하다. 그리고 우리의 전통문화에서 내려오는 '포대기 문화', '애착 육아'는 현대를 살아가는 엄마들과 서양에서도 조명받아 문화센터, 교양강좌로도 관심을 받고 있지 않은가.

이처럼 '따뜻한 돌봄'은 우리 전통사회에서부터 오늘날에 이르기까지 관통하는 보육의 정신이다. 보육현장은 많은 선행학습, 조기교육과 특별 프로그램보다 정말 중요한 보육의 본질을 소중히 지켜야 한다. 그래야 보육의 방향을 잃지 않을 것이다. 묵묵히 현장에서 '따뜻한 돌봄'을 실천하는 이들은 교육이라는 명목하에 상대적으로 하는 열등한 실천으로 보는 시선과 맞서서 당당할 수 있기를, 아니 그 시간을 뛰어넘어 아동이 최우선이 되는 길은 '돌봄' 의미를 현장에서 회복하며, 그 중요성을 재인식하는 것이 교육자의 최우선이 되는 책무임을 기억해야 한다.

지속적으로 사고 나누기

나는 이제 겨우 M어린이집의 1년 차 원장으로 살고 있다. 신입 원장으로서 해야 할 일이 많은데 굳이 교사 전문성 개발에 애 쓰는 나를 곱지 않게 볼지도 모르겠다. 나는 왜 교사들의 성장 에 관심을 쏟는 걸까? 되짚어 보니 나의 경험에서 그 답을 찾을 수 있었다. 보육교사 시절의 나는 수업을 통해 교사로서의 전 문성을 만들어 갔고, 스스로는 행복한 교사로 생각했었다. 수 업에서 경험한 희열감, 충만함은 원장으로서의 역할을 할 때 에도 교사들에게 지속적으로 공유하고 싶은 경험이었다. 이곳 에 와서 두 달은 교사들의 일과와 놀이를 관찰했고, 몇 가지 물 음을 갖게 되었다. 그 고민들을 원내 자체 세미나 시간을 통해 털어놓았다. 나의 생각에 교사들은 공감했고, 나처럼 교사들 도 갈등이 있음을 듣게 되었다. 거듭되는 협의, 교사세미나에 서 나는 교사들에게 지속적으로 나의 생각을 공유했고, 교사들 은 스스로 자기 수업을 이야기를 말하게 되었다. 교사들의 이 야기를 들으면서 나 스스로도 원장의 역할에 대한 고민이 깊어 짐도 느꼈다. 교실에서 무슨 일이 일어나고 있는지 나도 관심 을 가져야 했고, 교실 상황을 보고 나서는 교사들의 말을 이해 할 수 있었다.

어린이집에서 나는 교사들에게 다양한 것들을 공유하며 살아왔다. 그중에서도 나의 생각을 나누고, 교사들이 각자의 방식으로 할 수 있도록 지원해 나가고자 노력했었다. 교사들에게 사고를 공유하는 방법은 여러 가지 형태로 할 수 있다. 일회적으로 하는 사고 공유로 그치지 않고, 원장은 교사와 함께 교사교육, 교사세미나, 수업 장학, 현장연구, 학급별 협의, 사례협의 등 다양한 기회를 만들어 본 것, 느낀 것, 고민과 지식, 경험에 얻은 사고 등을 공유할 수 있다. 이와 같이 유아와 유아, 교사와 유아의 협력적 상호작용을 의미로 '지속적인 사고 공유(sustained shared thinking)'는 영국의 유아교육 연구(Researching Effective Pedagogy in the Early Years)에서 교육의 질을 결정하는 중요한 요소가 될 수 있음을 시사하고 있다(김인경, 정선아, 박보영, 2020: 59).

지속적인 사고 공유를 통해 교사들은 어떤 경험을 할까? 그리고 무엇을 배울까? 앞서 제시해 놓은 성찰일지에서도 알 수 있듯이, 교사들에게 나의 고민이 무엇인지를 공유할 때, 교사들 나름대로 그 의미를 해석하고 배움을 형성해 나가고 있음을 볼 수 있었다. 그것은 이전과 다른 새로운 내용이기도 했고, 이 과정에서 교사들은 이전보다 적극적으로 자기 이야기를 해 나가며 적극적인 태도로 변화되어 갔다. 그때

---

10) '잘 노는 교실 만들어 가기' 2018년 놀이중심 교육과정 운영 사례에서 교사들의 경험을 지속적으로 공유하며 경험했던 나의 성찰일지 내용 중 일부이다.

'사고를 나누는 것', '지속적으로 사고 나누기'가 중요함을 깨달았던 것이다.

그 다음에는 어떻게 되었을까? 교사들 간에서도 지식을 공유하고, 아이들과의 관계에서도 서로의 사고를 공유하는 역할이 실행되고 있는지를 살펴보게 되었다. 교사들은 교실에서도 사고를 공유해야 함을 알아가고 있었다. 교육공동체 안에서 서로의 생각을 나누고, 지속해서 적절한 방법을 찾는 것만큼, 사고를 공유하는 시간을 확보해야 함도 이해하게 되었다.

나와 지속적으로 사고를 공유를 했던 그룹의 교사들은 이전보다 적극적인 태도로 교육과정과 교실 운영에 참여하는 모습을 볼 수 있었다. '사고의 공유'는 교사들의 경험과 부딪혀 새로운 지식을 생성하고 영향력을 발휘하였다. 나아가 수동적인 교사의 모습을 탈피하고, 자기 교육을 해 나가는 교사들의 변화를 발견하면서 나는 희열감을 느끼기도 하였다. 몇 년이 지난 지금은 다른 형태로 사고의 공유가 이뤄지고 있다. 최근에는 교사들 커뮤니티에 자기 수업을 공유하거나 정보들도 찾아서 나누는 모습 등. 교사들로부터 시작된 '연구 소모임'도 정착되어 가고 있다.

어느 날은 '공감'에 대한 생각을 교사세미나 시간을 통해 나누었다. 공감하는 교사, 영유아를 존중하고 공감하는 교실과 관계 맺기에 관한 나의 생각이었다. 코로나 시대에도 아동의 권리를 존중하는 놀이는 어떤 모습이어야 할지, 지금 우리 교실에서 아이들은 행복한가? 등의 질문을 교사들에게 했다. 그리고 현재 우리가 해야 할 최선은 무엇인지를 논의하였다. 한걸음에 멀리 갈 수는 없듯이, 사고를 공유하는 것도 마찬가지다. 어떤 일이든 단번에 큰 효과를 기대할 수는 없다. 한 가지의 명제라도 고민되는 부분이 있다면 그것에 관해 잠시 멈춰 서서 다시 생각하고, 그 사고를 공유하면 어떨까. 현재 알고 있는 것은 하나의 생각이고, 한편으로 치우칠 수 있음을 인정하며 무엇이든 교사들과 나누어 보아야겠다.

성찰일지(2021. 10. 4.)

한 명도 소외됨 없이 함께 성장하는 '배움'

사토 마나부 선생은 '교사의 배움'에서 배움의 공동체는 교사가 교사다워지는 것이고, 학생(어린이)이 한 명도 소외됨 없이 교육의 가치 안에서 배움의 의미를 조명하고 있다. 원장이 교사의 배움을 고려하여 운영할 때에는 이러한 생각은 운영에 대한 비전 혹은 철학으로 내비칠 수 있겠고, 교사가 학급을 운영할 때도 교사로서 어린이를 만날 때 교육에 대한 신념이 될 수 있을 것이다. 다시 말해 원장과 교사의 관점에서 '한 명도 빠짐없이', '소외됨이 없는 교육을 지향한다는 것'은 공동의 비전이자 철학이 될 수 있다는 말이기도 하다(사토 마나부 · 한국배움의공동체연구회, 2019).

교사의 배움은 교사로서 살아가는 어린이집 현장에서 생성되고 실현되기를 희망한다. 나 또한 어린이집을 운영하는 원장으로서 제각각의 다른 교사들이 나름의 배움으로 성장해 나가길 기대하며 그들과 만나고, 가르치기를 반복해 왔다. 일례로 "A 어린이집의 교사들은 참 잘해! 평판이 좋아."라는 말은 그 어린이집의 모든 교사가 일반적인 수준 이상으로 직무를 잘한다는 것인지, 특정한 몇 명의 교사들이 대외적으로 좋은 성과를 내서 긍정적인 평판을 얻은 것인지 명확하지 않다. 그리고 이 말이 뜻하는 의미를 얼핏 생각해 보더라도 무엇이라 알아차리기란 쉽지 않다. 평판이 좋은 어린이집이라 할지라도 그 안에서 구성원을 이루고 있는 사람들의 직무이해와 추진력, 수업 기술, 학부모 만족도 등 기관을 평가하는 어떠한 요소를 포함하고 있는지, 또 어떠한 관점으로 평가를 하는 것인지 등에 따라 다르게 해석될 수 있음을 우리는 잘 알고 있다.

그렇다면 '왜 나는 이렇게 모호해 보이는 말에 감응을 받았던 것일까?' 그러고는 다시 질문을 따라 생각해 보자. 그의 강의록에서 강조하는 '교사의 배움'은 교육공동체 안에서의 배움을 전제로 하고 있다. 그렇다면 '교육공동체는 무엇이고, 교사의 배움은 무엇을 뜻하는가?'에 대한 질문을 해야만 할 것이다. 그는 교육공동체를 '공공성의 철학'으로 설명하고 있다. 그는 어린이집과 같은 교육기관을 열려 있는 공간으로 만들지 않으면 개혁할 수 없다는 것이고, 개혁이 곧 교사의 배움이자 교육공동체의 특이성으로 보고 있다.

교사가 각자의 집에서 무엇을 하든 상관할 근거는 없듯, 반대로 기관에서는 근무자로서 마땅히 행해야 할 윤리가 있는데 이를 무시하거나 거부하는 교사가 있다면 어떨까? 만약에 한 명의 교사가 교실을 열려고 하지 않고, 자신만의 사적인 영역으로 만들고자 한다면 규정에도 어긋나기도 하므로 이를 어떻게 다루는가에 따라 파생되는 문제는 상당할 것처럼 보인다. 이런 행동을 할 때는 여러 이유가 있겠지만, 사적인 영역에 갇혀서 아이들을 대상화(사물화)하는 교사는 공동의 책임감을 중요하게 다루지 않음을 알 수 있다. 만약 교사가 상황에 갇혀 있다면, 그만큼 타인과의 소통이 부재하여 성장하는 것 또한 어렵고, 조직 내에서도 소외되는 문제가 발생할 수 있는 것이다.

교사들이 속한 조직 안에서는 직무에 따라 다른 일을 하고, 그 일에 따라 다른 지식을 요구할 때도 있다. 직무적 특성도 그렇지만 교사 개개인이 가진 성격 유형이나 취향 등 공통분모의 요소를 갖고 성장하기를 기대하는 것이 어쩌면 어불성설인 것처럼 비치기도 한다. 그럼 '모두 빠짐없이 성장'하는 이상주의 같은 말로 사토 마나부가 주장했던 것일까? 오히려 그런 이상주의자가 아니었기에 교육 개혁가로 전 세계가 주목했던 것이다. 소외되는 사람 없이 성장한다는 것은 제각각 다른 사람들이 공통의 목표를 일방적으로 정한 것은 시작부터 불합리한 지향점이 될 수도 있다.

　하지만 꼭 그렇지만도 않다. 기관에서 살아가는 구성원들이 다른 다양성을 존중하는 것을 전제로 하되, 기관의 장 혹은 리더는 서로의 만남에서 윤리를 매우 중요하게 지속해서 다룬다면 어떨까? 나는 그것에 주목해 보고자 한다. 만남의 윤리는 함께 살아가는 교사들이 서로의 존재 발현에 관심을 두고, 그들 각자의 고유적인 목소리에 진심으로 귀 기울이는 노력이 요구된다. 교사는 어린이집의 조직에서 만남의 윤리를 다양한 관계와 상황 맥락 안에서 경험하게 될 것이다. 예를 들어 교사는 교사재교육뿐 아니라 일상적인 대화나 협의, 일상의 소소히 주고받는 메신저 등에서도 존재하게 될 것이다. 그리고 기관의 장 또한 이를 어떻게 다룰지에 대한 견해를 분명히 밝히고, 이를 다루는 그것이라는 교육의 형태로든 조직문화 형성을 위한 시도나 실험으로든 중요한 자기 역할로 이해하는 노력이 뒤따라야 하는 게 아닌가 싶다.

성찰일지(2020. 4. 21.)

지켜본다는 것

아이를 지켜본다는 것. 교사를 지켜본다는 것. 다칠까 봐, 문제가 될까 봐 감시하고 통제하는 눈이 아니라, 지켜본다는 것은 그들을 존중하는 첫걸음이 아닌가 싶다. 원장으로서 교사들의 사고와 실행을 옆에 혹은 함께 지켜보는 것은 교사가 스스로 혹은 교사 간에 구하고, 문제를 풀거나, 사고할 때 원장이 이를 관심 있게 '지켜보는 것(standing back)'으로도 그들의 배움을 도전하고 증폭시키는 등에 도움이 됨을 교사들과 대화하면서 알 수 있었다.

성찰일지(2021. 7. 9.)

한 사람을 진정으로 이해하려면 오랜 시간 동안 관심을 두고 지켜보는 노력의 시간이 필요하다. 이 생각은 지금도 교사, 어린이, 부모 관계에서도 마찬가지다. 그냥 스치듯 바라보면 안 보이는 것들이 잠시 멈춰 서서 집중해서 보면 목소리도 더 잘 들려오고, 그 사람의 관심도 알아차리게 된다. 《가르친다는 것의 의미》라는 책에서는 '지켜본다는 것'의 해석학적인 글로 우리에게 많은 질문을 던지고 있다. 아이에게는 교사의 '지켜보는 행위'를 어떤 의미로 받아들일까? 그는 아이도 교사가 바라보는 것을 스스로 감지할 수 있고, 그럴 때면 온몸으로 느끼고 있음을 섬세하게 묘사하고 있다(van Manen, 2012).

교육현장에서는 여러 사람에 의한 '지켜보는 순간'이 있다. 그중에서도 나는 교사들을 이 같은 시선으로 지켜본 적이 언제였을까? 교사들도 나의 시선이 단순히 보는 것 이상으로의 의미를 부여하는 사건이었을까? 오늘 나는 그 물음으로 교사를 '지켜보는 것'의 경험을 나누고자 한다.

원장은 일과에서 일상적으로 교사들이 무엇을 하는지 관찰하기 마련이다. 교사들을 관찰하면서 교직원이 직무를 충실히 하는지, 그 교실에 필요한 놀잇감은 있는지, 위험요소가 있지 않은지 등 어린이집의 공간을 둘러보면서 교사들과 잠시 마주칠 때도 그런 관점의 맥락에서 살펴볼 때가 많았다. 교실은 교사들과 어린이가 하루 내내 사는 고유의 공간이자 사적인 영적으로 될 수도 있지만, 교육과 보육을 공공성을 바라보는 나는 그들만의 공간으로 닫아 두지 않아야 한다고 항상 내 생각을 공유해 왔다.

보는 것은 세상과 수많은 교류와 신호를 주고받는 창이 된다고도 생각하였다. 수차례 교육에 대한 나의 신념과 생각을 교사들에게 나누었지만, 교사가 그런 나의 마음과 의도를 얼마만큼 이해하고 그 행위에 대하여 생각했는지는 짐작만 했을 뿐, 교사들은 사실 으레 원장은 교사들을 관리하는 방식의 하나 즈음으로 치부할 수도 있다.

'그럼, 과연 나는 내가 지켜보는 것의 의미를 교사들에게 전달했던가?', '그 행위에 대한 의미는 무엇이고, 그들이 지켜봄을 당하는 것에 대한 이해와 의미를 부여했던가?' 사실 나 자신도 그렇게 생각하지 못할 때가 많았다. 교사들과 이 부분에 관하여 대화를 나눈 적이 없었다. 원장이 뭐길래 그리 설명을 하지 않고 행하는 일들이 많다는 생각이 들면서, 이내 교사들에게 미안해졌다.

어떤 때에는 교사들의 고민을, 그들의 삶을 지켜보는 것으로 보람을 느낀 적도 있었다. 최근에는 교사들이 새로운 교육과정을 실행해 나가면서 고민하는 모습이 자주 포착되었고, 언제 즈음 찾아올까 기대하던 중 몇몇 교사는 나를 찾아왔다. 예상하던 만남이지만 기대 이상으로 의미 있는 시간이었다.

그들과 만나서 놀이에 관해 이야기하면서 놀이만 말하는 것에 그치지 않았다. 교사들은 놀이 이야기에서 교사로서의 겪는 역할의 어려움이나 진로에 대한 고민도 털어 놓곤 했었다. 이 과정에서 나는 놀이장면을 교사가 왜 그렇게 해석했는지도 묻기도 하고, 내가 교사였을 때 경험했던 케케묵은 이야기를 끄집어내어 설명하곤 하였다. 어김없이 교사와의 대화에서는 새로운 깨달음을 얻었다.

이처럼 원장이 교사와의 교육적인 대화는 교사에 대해 목적을 둔 원장의 시선, 즉 '지켜보는 것'이 된다는 점이다. '지켜보는 것'을 체험한 교사는 원장으로부터 자기의 목소리가 들리고 인정되는 순간이기도 하므로 내적인 충만함, 가슴 벅찬 감동 같은 것을 느끼기도 했다. 초보 원장이었던 나는 섣부르게 교사의 고민을 단번에, 즉시 해결하려고 덤빌 때도 있었다. 그렇게 해야만 교사들이 유능하고 능력 있는 원장으로 인정해 줄 것만 같았다. 이전에 나와 교사는 외딴 섬에서 혼자 문제 해결하려고 없는 자원을 즉시 구하려고 허둥대었을 것이다.

사실 나는 그러한 실수담을 수도 없이 겪어 왔다. 그때마다 교사들은 어떤 감정을 느꼈을까? 나는 항상 교사들을 관찰하는 대상으로 인식하고, 내가 가르쳐야 할 대상으로만 여겼었다. 그러나 교사의 고민을 듣고, 그 사람의 문제를 지원하고자 하는 마음을 먹는 순간부터는 교사의 문제가 내 문제로 변화되는 것을 느끼곤 했다. 이내 교사는 나와 함께 교육을 만들어 가는 협력자가 되었고, 나는 교사의 말을 경청하고자 온 마음으로 듣고자 했다. 이렇게 볼 때 교사의 고민을 듣는 것은 교사를 지켜보는 것과 일맥상통한 부분이 있음을 알 수 있다.

나는 매해 교사와 놀이 사례를 갖고 대화를 해 왔고, 논의하던 중에는 항상 분명한 결론을 내리지 않았다. 다만, 나는 여러 갈래의 가능성을 펼쳐 놓고 교사가 그중에서 최선을 선택하도록 자율성을 기대한다는 마음을 분명히 하였다. 단지 그랬을 뿐인데, 기대한 이상으로 교사는 무언가를 만들어서 나를 놀라게 했다. 어떤 교사는 며칠 밤을 공들여 수십 장의 기록물을 만들어 내면서도 "너무 재미있었어요. 진심이에요!"라고 말했고, 그 말을 듣던 나는 그렇게 애쓴 수고에 박수를 보내면서도 교사들을 열심히 지켜보는 일을 소홀히 하지 않았다.

때때로 교사들은 나의 일을 돌아보게 만드는 존재였다. 나와 협의를 한 후에 스스로 성찰일지, 관찰기록 등을 계획하고 바쁜 일과 중에서도 기꺼이 실천했던 교사, 교사의 배움은 한 사람으로 정체되지 않았고, 더 깊은 열정으로 같은 반 동료 교사에게 번져 가는 것을 목격할 수 있었다.

만나서 협의하고 다시 기록하고 다시 실천하는 과정을 직접 체험했던 교사는 어김없이 다음번에는 더 적극적으로 대화의 문을 두드렸다.

힘든 협의 과정을 교사로서의 행복감, 성취감을 분명히 느낀 교사는 그 이후의 교육과정 실행에서 스스럼없이 교육적인 고민을 털어 놓았다. 사실 나는 교사들을 만나서 대화하고, 또 협의한 것뿐인데 내가 지켜본 그것보다 더 많은 것으로 교사는 화답해 주었다.

과연 교사들은 나의 마음을 알기나 했을까? 나에게도 교사와의 만남은 큰 도전이자 큰 배움이었음을, 진지하고 치열하게 성찰하는 교사들을 지켜보면서 무한히 행복했던 나, 나의 말에 귀를 기울이는 교사가 현장에 단 한 명이라도 있는 한 '지켜보는 것'을 멈추지 않을 것이다.

성찰일지(2019. 4. 6.)

관계와 교육

따뜻한 말 한마디. 진심으로 나의 수업을 들어 주고 또 감동하는 동료의 모습에서 교사들은 너무 행복해하고, 또 뿌듯해하는 모습을 보였다. 그리고 나는 다시 교사들에게 내가 현재, 지금 이 자리에서 생동하며 넘쳐흐르는 마음을 이야기하였다. 진심으로 기쁘다고. 두 사람의 교사가 한 학급을 이루어 교육과정을 만들어 본 사례는 우리 모두의 '성과'라고 이야기하였다.

성찰일지(2020. 9. 2.)

지난 1월부터 시작된 코로나 이슈가 발생한 이래로 지금까지 마음 조아리면서 지낼 때가 많았다. 이 때문에 매년 해 오던 행사나 특별활동 프로그램 등 다채로웠던 일상의 요소들은 제외된 채, 매일 생활 속 거리두리를 실천하는 가운데 놀이를 할 수밖에 없었다. 상황이 이렇다 보니 교사들도 7월이 되어서는 지친 모습이 역력했고, 그 모습을 바라보는 나 또한 마음이 편치 않았다. 또 부모들의 마음은 어떨까? 아이들이 무방비 상태로 아무것도 배우지 않는 것 같아 왠지 모를 불안감에 고민이 되다가도 '그래도 안전이 최고야. 아이들 안전하기만 하면 돼.'라며 불안한 마음을 달래듯, 그저 현실에 적당히 타협하는 모습도 엿볼 수 있었다.

운영의 단조로운 선상에서도 교사들과의 다섯 번째 세미나에서는 확실한 열정을 느낄 수 있었고, 교사들의 성장에 대한 욕망과 열정이 절절하게 마음에 와 부딪히는 듯했다. 한편으로는 부적응으로, 낮잠이 싫어서, 특별활동 프로그램을 안 하니까 퇴소하겠다고 말하는 부모님들도 있다 보니 성장 욕구로 열심히 질주하던 교사들의 모습이 현실과 동떨어져 있는 현상을 마주하게 되었다. 이런저런 생각으로 머리가 복잡해진 나는 교사와 부모, 아이들을 두고 다시 사유하게 되었다.

코로나로 인해 교사의 배움은 학부모님께 전달되고 공유하기가 어려웠다. 부모와의 소통이 어렵게 되자 교사들이 희망찬 눈으로 본인들이 실천한 놀이를 열심히 설명하고 전달하지만 이를 의미 있게 바라볼 청자, 즉 대화의 상대가 없는 건 아닌지 예상치 못했던 어려움에 의구심도 생겼다.

그럼 나는 교사와 부모, 어린이 관계 속에서 열정적으로 자신의 교육에 관한 생각을 실험하고 실천하는 교사들의 배움을 어떻게 부모와 연결하게 할까? 으레 전달해 왔던 가정통신문이나 동영상 등도 개인정보 이용의 우려되는 점들이 많은 실정이다 보니, 이제는 '공유 방식과 방법'의 논의가 많고, 이러한 상황을 해결하기 위해 실마리를 푸는 것은 이들 관계를 다시 사유해 보아야 할 몫이었다.

이번 연구세미나에서 교사가 "우리가 얼마나 아이들과 함께 배우고 싶은지, 그 열정이 불타오르고 있잖아요."라고 한 말을 듣게 되었다. 40분 정도의 수업 사례 발표였지만, 교사와 아이들이 일구어 낸 교육과정의 이야기를 들었던 동료 교사들은 하나같이 자신의 경험을 견주어 보면서 무엇이 배움이었고, 새롭게 와닿고 깨달았던 지점을 진솔하게 공유하는 모습을 볼 수 있었다. 동료들이 소감을 다 듣고 난 후, 또다시 발표했던 교사들의 감응이 무엇인지 듣고자 다시 그 교사들에게 물었다. "선생님들은 동료 교사들의 수업 비평을 들으면서 여러 생각이 교차했을 것 같아요. 들으면서 ○○선생님은 어떤 생각이 들었나요?" 발표했던 교사들은 동료 교사들의 말에 기쁨을 감출 수 없었다.

그들이 실천한 교육의 이야기를 진심으로 경청하고 마음을 열어젖히고 마음의 중심으로 듣는 동료와의 관계에서 교육공동체의 생명력은 무한히 뻗어 나갈 수 있음에 대한 여운도 나누었다. 결국, 교육은 관계임을, 교사와 아동만의 관계가 중시되던 관점만 강조함을 넘어서서 동료 교사의 관계, 원장과의 관계, 아동과 물질의 관계. 교사와 그들의 세계 내의 경험 등이 모두 접속하고, 영토를 만들고 때때로 탈주 선을 타면서 교육과정을 창도해 나가는 것이 그들의 열정을 지속시킬 것임을 나 또한 확신에 차서 이야기할 수 있었다.

코로나 상황이 긴박하게 돌아가는 오늘 이 시간에도 어쩌면 교사들은 자신의 성장을 위한 일이 없는 황망함을 거부하고, 삶에 대한 애정을 교실에서 쏟고 있는 게 아닐까. 교사의 고백에서 나는 또 그들의 앎의 지도를 그려 보게 된다. 이러한 모습은 자기 삶과 동떨어진 것이 아니며, 곧 삶을 살아가는 자세라는 생각이 들었다. 그들의 열정도 이내 전염이 되어 그 반의 교사, 동일 연령의 다른 학급의 교사들에게까지도 이어지고, 그리도 또 나의 삶에도 파장을 일으키는 것을 느낄 수 있다. 내가 교사들에게 함께하자고 요청한 것은 놀이 사례인데, 그들의 삶으로, 타인의 삶까지 영향을 주는 것을 보면 하나를 배우면 그 배움은 전체로 관통할 수 있다는 논리를 증명이나 하는 듯하다.

　예전에 박사과정 중 한 학기 동안 공부했던 《뇌 과학과 창의성》에서
도 발견하고 확인했던 지식과 연결됨을 알 수 있다. 예를 들어, 언어를
관장하는 '베르니게 영역'이 손상을 입으로 인간의 발화가 가능하지 않
아야 하는 게 논리적으로 맞는 말이다. 그런데 실험 대상이었던 환자
는 어찌 보면 언어의 기능에 손상을 입었음에도 인간으로서의 소통할
수 없지 않았다는 것은 우리에게 무엇을 의미하는 것일까? 그 이유를
살펴보니 건강하게 살아 있는 감각의 뇌, 운동 신경 등이 온 힘을 모아
합력하여 선을 이루듯, '대체하는 힘'을 발휘하고 있었다. 즉 한 부분이
제 기능을 못한다고 해서 장애, 비장애로 구분이 되지 않는다는 점이
다. 이 같은 예는 흔히 뉴스로 접할 수 있는 부분이다.

　이 점을 어린이집 현장에서도 반영하여 운영하는 것은 교사들의 기
질, 자질, 놀이의 선호도 등의 요소마다 분석하여 이에 맞는 처방이 몇
가지로 추려져 지원했던 이전의 방식과 사뭇 다름을 알 수 있다. 오히
려 가장 그 사람이 잘하는 것으로부터 연결하는 고리가 외부의 환경
이전에 그 사람 안에 '포이에시스(poiesis)'[11]가 존재한다는 말인 것이
다. 그런 존재로 의미를 부여할 때 그 사람은 진정한 권한을 인정받아
자기의 역량을 발휘할 수 있는 게 아닌가. 완벽하게 나 자신을 이해할
수 없듯이 교사 또한 그럴 것이다. 그 마음으로 오늘도 좀 더 가까이 그
들이 진정으로 자기 자신을 찾아 잘할 수 있는 것부터 깊어질 수 있도
록 지원해 나가는 일을 해 보려 한다.

---

11)　'포이에시스(poiesis)'의 의미는 주어진 조건에 반응하면서 새로운 것을 형성해가는 인간의
능력을 뜻한다. 사람은 누구나 자신을 성장시킬 잠재력을 가지고 있다는 믿음에 주목한다.

놀이하는 인간

'놀이'하는 인간에 대한 철학적인 사유를 주제로 한 학회 참석을 했던 지난 토요일은 여느 때와 달리 여러 생각으로 조금은 마음이 복잡한 하루를 보냈다. 교육과정이 바뀌고 현장에서의 실천이 주목받고 있는 2020년은 그야말로 놀이 중심 교육과정은 '뜨거운 감자'이다. 늘 놀이를 한다고 말해 왔던 어린이집 현장에서는 새삼스러울 일도 없는 것 같지만, 실상은 놀이에 대한 사유가 부재한 채, 활동. 계획안, 월안 등. 마치 그것이 '놀이'인 것으로 환원하였고, 대체해 온 점은 선행 연구자들에 의해 비판되어 온 목소리와 일치된 관점을 찾을 수 있었다.

성찰일지(2020. 7. 16.)

놀이에 대한 방향과 내용은 인문학적 사유, 곧 철학에서 긴밀하게 연결되어 있다 보니 코로나 상황에 온라인으로 진행되는 춘계학술대회에 많은 사람들이 관심을 보였던 것 같다. 교육 분야뿐 아니라 인문학적 사유는 경제학, 과학, 예술 분야 등에서 아우르며 학문 간의 경계를 넘어서서 학문의 지평을 넓히고 지성에의 외침은 대향연을 하는 듯한 요즈음이다. 나는 익히 들어 왔던 학자들이 주장했던 말들에 주목하였고, 그중에서 '놀이와 배움의 관계'를 철학으로 풀어 놓은 정낙림 교수의 기조 강연과 후기 구조주의의 관점에서 현재 펼쳐지고 있는 '놀이와 배움'을 조명한 유혜령 교수님의 발제에 관심을 기울였다.

정낙림 교수님은 철학의 렌즈로 놀이를 깊게 파고든 몇 안 되는 국내 학자이다. 이 사실 때문에 기조 강연이 더 솔깃했던 것 같았다. 익숙히 들어 왔던 서양 철학자들이 펼쳐 놓은 수많은 저서보다도 그들이 놀이를 무엇으로 말하고 있는지가 새롭게 와닿았다. '놀이와 철학', '놀이와 아곤'의 소제목에서 그는 놀이가 인간의 삶의 문화로 자리 잡아 왔고, '근대적 세계'에서 전이되어 오던 놀이의 정신은 '디지털 세계'에 기저를 이루고 있음을 강조하였다(정낙림, 2017).

놀이를 인간의 '최고의 정신'으로 주장한 니체는 《우리 교육기관의 미래》에서 '대중의 가치를 교육하는 것이 우리의 목표가 되어서는 안 된다.'라는 현대교육에 대한 날을 세웠음을 알 수 있었다. 중세시대의 꽃을 이룬 그리스의 문화에서 '경쟁'이 인간 본연의 자연성에 비롯하며, 놀이의 산물에서도 양산되었다. 즉 현대의 교육에서는 '경쟁을 일종의 지속하여야 할 놀이로 받아들이는 공동체의 지혜에서 가능'한 것임을 놀이의 필연성을 역설하였고, 또한 놀이는 모자이크 비유로, 어쩌면 자기 자신의 '모자이크 하나를 덧붙이는 자기 긍정의 행위'라고도 은유할 수 있다.

근대적 사고, 구조주의적 교육을 받아 온 세대의 교사 혹은 리더가 '새로운 언어와 논리'가 필요하므로 함께 사유하는 눈과 이성주의적 접근의 한계를 깨닫고 새로운 지평에 대한 가치를 드러내는 내용이었다.

어린이집과 살며 가르치며 꿈꾼 성찰일지

근대정신의 재현적이고 표상적인 사고에서는 이것은 주체, 저것은 객체로 이분법적 구도를 뚜렷이 경계 지었던 패러다임에 젖어 놀이의 현상을 사태 그대로 드러내거나 보는 것의 한계에 대해서도 언급하였다.

이러한 한계는 배움의 의미를 통합적 성격을 간과한 채 놀이를 단순히 교육을 위한 수단으로 도구적이고 외부 목적적인 활동으로 '놀이 대 교육'이라는 일차원적인 대립 구조 속에서만 파악해 온 입장에 대해 물음을 던졌다. 들뢰즈와 가타리의 철학적 사유가 대거 원고에 들어가다 보니 이 같은 언어를 읽는 독자들은 어떤 의미로 해석하는지에 대한 의구심이 생겼다. 외현적인 현상으로 보았을 때는 교육과정이 단순히 바뀌었고, 놀이 중심으로 하면 된다고 여겼을 현장의 교사들은 과연 이러한 말들을 어떠한 의미로 이해할까?

갑작스럽게 들리는 수많은 언어에 또 다른 형식의 통제를 받는 건 아닌지, 급작스러운 교육과정의 변화를 받아들이고 현장에 실천하기도 버겁기만 할 텐데 말이다. '철학적인 사유'에서부터 실천을 해 나가야 한다는 부담감은 또 다른 형식의 과제를 부여받은 것이나 마찬가지가 아닌가? 흔히 듣는 말은 철학은 어렵다는 것이다. 교육 분야의 일반도서보다도 어려운 책을 교사 양성기관에서 깊이 다루지 않는 한 교사로 배출되고 나서 현장에서는 재교육으로 한계가 있다는 말임을.

우리는 인문학적 사유를 기반으로 놀이를 실천하기에 앞서서 전체적으로 교사의 성장에 대한 재교육, 혹은 전문성 신장에 대한 지식이 무엇인지에 대한 방향 내지 다루게 될 내용도 함께 논의하기를 주저하지 말아야 할 것이다. 그리고 현장의 실천이 그 뒤에 따라야 한다는 생각이 떠올라 답답함이 더 증폭되었나 보다.

놀이하는 인간과 상반되는 강박관념 중의 하나는 교사가 학습자를 계획한 목표로 이끌어야 한다는 생각이다. 여전히 현장에서는 새로운 지식이 나오면 실천해야 함을 강요하는 식이 되면, 대단히 복잡하고 역동적인 현장에서 필연적으로 교사들이 해내기를 바라지 않는가? 새로운 지식에 억압받는 객체로 치환되지 않는 존재, 놀이하는 존재로서의 우리 자신을 이해하며 행복한 상상을 해 본다.

책임감 문화

보육 현장에서 일한 지 스무 해를 넘게 줄곧 일한다는 것은 '오늘도 인내한다.'라는 말과 함께 '책임감' 그 자체였다. 보육 현장은 어린이집이라는 한정된 공간에서 어찌 보면 아이들은 안전하게, 무탈하게 지내다 가야 한다. 평온한 일상은 한 사람만의 책임감만으로 얻어지고 유지되는 것이 아니다. 잘 되어 가는 것 같다가도 한 사람의 이탈행동은 금방 일상을 혼란으로 빠뜨린다. 특히 원장이 되고 나서는 함께 일하는 교사들이 행복하게 일하는 '일터'를 만들고 싶었다. 교사들이 아이들과 신나게 놀이하듯, 일도 그렇게 즐겁게 할 수 있다면 얼마나 좋을까? 분명 일터는 '놀이하는 곳'과 다르며 낯선 이질감을 느끼게 만든다.

성찰일지(2020. 9. 22.)

'스크래치의 아버지' 미첼 레스닉 교수가 창의 코드의 내용 중 하나로 꼽는 '책임감 문화'가 어린이집 조직문화에도 필요하다는 생각이 들었다. 스크래치가 무엇인지 알지 못했던 나는 《미첼 레스닉의 창의평생

유치원》이라는 도서를 읽으면서 처음으로 접하게 되었고, 호기심으로 검색을 해 보게 되었다. 온라인으로 커뮤니티가 이뤄지는 것은 이젠 색다른 관심을 끌 만한 소재가 아니다. 으레 그 안에서 아이디어를 주고받아 새로운 코딩을 창안하고, 그것이 놀이와 학습의 기반으로 역할을 한다는 정도로 알던 나는 어린이집 현장에서도 이 같은 커뮤니티, 즉 '학습공동체'가 강조되는 시기이기도 하므로 이전보다 그의 책에 관심을 끌게 되었다(미첼 레스닉, 2018).

그의 이야기 중에서 참여자 중 한 사람의 말이 눈길을 끌었다. 일반적으로 우리는 다른 사람과의 대화가 중요하고, 그 대화가 갖는 힘의 의미, 가치 등을 재해석하여 사람들에게 조직, 집단, 인간관계 등에서도 대화의 기술이 필요하고, 세련된 대화를 해내기 위해 다각적인 노력을 기울이기도 하는 것을 쉽게 접해 왔다. 본문에서 '사라'라는 사람은 대화 그 자체로 말하기보다는 대화의 주제가 '새로운 어떤 것'에 대한 설렘, 기대, 희망 등을 내포하고 있는 '대화의 풍요로움'에 관심을 두고 있음을 알 수 있다.

이는 '피드백 스튜디오'라는 단어에 그 의미를 가늠할 수 있다. 이처럼 사람들은 자신의 프로젝트에 대해 피드백을 통해 서로의 생각을 공유하고, 그 생각들은 새롭게 연결되어 만들어 가는 것에 의미와 가치를 두었다는 말이기도 하다.

그렇다면, 지금 우리 교사들과 진행하고 있는 '교사세미나'는 현장성을 담보하는 커뮤니티로 탁월하고 훌륭하지 않은가? 들꽃어린이집 커뮤니티에서는 교사들이 교육에 대해 끊임없이 서로 협력하고 또 할 수 있는 가능성을 견주어 보면서 새로운 방법을 탐구하고 개발해 나간다.

어린이집과 살며 가르치며 꿈꾼 성찰일지

전통적인 연수나 교실에서의 협력과 비교하면, 훨씬 더 들꽃어린이집에서의 협력은 훨씬 더 유기적이고 협력적인 것으로 내비친다. 어린이집에서 교사들은 놀이의 새로운 발상이 떠오르거나 놀이의 의미를 읽는 순간을 감지할 때, 자기 경험이나 발견에 대해 다른 교사들과 공유해야 한다는 책임감을 중요한 지식 또는 직무로 이해하고 있다. 시간은 걸리지만, '책임감 문화'는 스며들어 가고 있는 듯하다.

공동의 관심사로 모인 그룹이기도 하지만, 그룹 내의 다양한 욕구가 있는 교사들이 복잡한 화제를 주제로 논의하며 문제 해결을 해 나갈 가능성이 있고, 교육의 딜레마를 다룰 때도 다른 사람들과의 논의는 더 깊어지게 만드는 좋은 실험 도구가 될 수도 있는 것이기 때문이다. 그래서 들꽃어린이집에서는 매월 한 번, 정기적인 회의와 팀별 소모임, 각종 현안을 두고 이야기를 나누었고, 그때마다 기대했던 것 이상으로 여러 아이디어를 발견하고 기뻐하는 교사들의 모습에 나 또한 보람을 느꼈다.

교사세미나에서 오고 갔던 동료의 피드백. 그 안에서 배움은 또다시 새로운 실천으로 나아가는 데 연결고리가 될 수 있었다. 새로운 지식은 대화와 논쟁을 통해 해석될 뿐 아니라 서로 의견을 나누는 과정에서도 생성되기 때문이다. 원장이 교사에게 주는 피드백만 주어진 대로만 습득하기 급급했던 태도가 얼마나 고착되었는지 몰랐다고 고백하는 교사들도 있었고, 좀 더 적극적인 위치에서 교육적인 고민을 동료 연구자이자 참여자로서 이야기를 나누는 경험은 창의적인 생각의 기회를 얻는 것과 같았다며 세미나의 의미를 회상하는 교사들도 있었다.

다른 교사의 존재에 대한 책임감은 대화를 나눌 때, 이후 생각한 것을 실천해 나갈 때도 중요한 접점이 되었다. 이처럼 '책임감 문화'는 나 자신이 온전히 교사로서 책임감을 느끼고 대할 때 가능하다는 뜻도 있다. 나는 교사세미나에 참여한 교사들이 교사세미나에서 전혀 예상하지 않았던 '책임감'과 '동료애' 등을 배운 교사들은 이전과 다르게 어린이집 안에서 독특한 문화로, 가치 있는 교육의 시간으로 유일무이한 문화가 형성되어 가고 있음을 알게 되었다. 동료 교사의 존재에 대해 의미 있는 타자로 인정함을 경험한 교사들은 서로 대한 책임감으로 나타났다. 앞으로도 책임감이 무겁고 버거운 것이 아니라, 같이 책임감을 나누면 한결 가벼워짐을 더 체험할 수 있기를 소망해 본다.

어린이집과 살며 가르치며 꿈꾼 성찰일지

열망, 새로운 실험은 계속되고

유아교육 기관을 운영하는 원장으로서 역할에 대한 고민은 항상 이어져 가고 있다. 허다한 업무로 내 책상 가장의 자리에는 빼곡하게 서류들이 쌓이지만, 그 일들을 처리하면서도 '나는 무엇을 위해 이 일을 하고 있는가?'에 대한 대답을 놓치지 않으려 한다. 그리고 켄 로빈슨이 말하듯이, 나 또한 좋은 학습의 무대에 중대한 역할을 하는 존재를 리더로 생각해 왔기에, 먼저는 내가 예리한 분력을 소유하여 배움의 열망을 가진 교사들에게 선한 영향력을 미칠 수 있어야 한다. 혹은 그러하도록 노력해야 한다는 신념을 갖고 있었다.

이 같은 고민과 욕망으로 솟구쳤던 날이 지난주에 있었다. 유아교육의 현장이 끊임없이 지속해 온 담론은 미리 정해진 학습을 하고, 그 발달적 결과를 성취하는 것을 양질의 유아교육이라고 바라보는 관점을 손꼽을 수 있다.

교육에서 보편적인 지식, 가치는 학습자에게 전수되고 적용하도록 지배하는 거대담론이 있다. 이전에 배운 지식을 그대로 아이들에게 적용할 수 없고, 적용가능하지 않음을 교사들도 안다. 몇몇의 교사는 이미 새로운 열망으로 가득 차 있다. 교사들 안에 꿈틀거리고 있는 가능성과 열망을 알아차리는 리더 혹은 원장이 있다면 현장은 지금보다 더 나은 방향으로 진보할 것이다. 하지만 바쁘게 돌아가는 어린이집 현장은 그리 쉽지 않다. 이러한 상황 속에 원장으로서 근무를 하다 보면 교육현장의 사태들을 있는 그대로 살피고 조사하며 그것이 뜻하는 바가 무엇인지를 반성할 기회조차 만들어 내지 못하기 일쑤이다.

과연 나는 가 보지 못한 혹은 경험하지 않은 어린이의 세계에 대해 무엇을 규정짓고, 혹시 아이와 교사들에게 그 가능성을 닫아 두는 것은 아닐까? 이러한 물음들을 내 속에서만 삼키고 현장에서는 나의 고민을 속 시원히 털어 놓아 본 적이 없었다. 그렇게 했던 이유는 무엇일까? 이러한 고민이 타자와의 마주침에서 흘러나와야 새로운 대안, 다른 관점들, 다른 가능성을 보이고 깊이 좀 더 논의할 수 있어야 할 것이다(Lenz-Taguchi, 2018). 이러한 논의 가운데 선택해야 하는 것은 우리가 더욱 그것을 잘 인지하고 가치를 부여하고 가능하게 하는 일이라 여기기 때문이다. 그렇게 볼 때 원장의 역할은 학습의 다양성, 내 고민을 말로 풀어 놓는 이야기를 어린이집에서 살아야 하는 교사들이 함께 고민하고 새로운 대안을 끊임없이 생성해 나가는 학습공동체를 지향해야 할 것이다.

때때로 원장의 교육적 신념이 강력하여 교사들로 하여금 진리로 여기고 그대로 따르도록 순응적인 존재로 만들 위험도 있다. 그래서 유아와 교사들의 삶의 터전인 교실로 들어가 그들과 대화하는 게 중요하다고 볼 수 있다. 교사들에게는 낯설고 때로는 업무적인 부담감으로 다가올 수도 있지만, 도전하지 않고 장담하기에는 어렵다. 어떠한 과정을 거쳐서 나는 교사들과 마주침을 하고, 그 안에서 생성되고 있는 이슈들을 인정하고 대화할 수 있는 상황을 마련하여 교사들로 하여금 그들의 실천과 행위에 대해 의미 있게 바라봐 주는게 있었던가?

아쉬운 것은 이 같은 생각을 실천하기가 절대 쉽지 않다. 급하고 중요한 일들을 먼저 처리하다 보면 나는 성찰을 기록하는 시간도 부족하다고 느낀다. 더욱이 정해져 있는 시간 속에서 하루 업무에 내가 중요하다고 생각하는 것을 실천하므로 나의 욕망은 자연스럽게 물 흐르듯 흘러나오게 될 가능성이 있다. 이 가능성을 '열어 두는 것'은 '성찰하는 일이 되는 것'을 나만의 시간을 통해 깨닫게 되었다.

충만한 놀이, 충만한 일로 더 가까이

어린이는 오늘도, 어제도, 그 예전에도 언제나 변함없이 즐겁게 놀고 있었다. 나도 교사로 언제나처럼 1분 1초를 다투며 바쁘게 지내고 있었다. 그렇다면 지금까지의 내가 살아온 교사 생활에서 변화된 것은 무엇일까. 교사라는 이름하에 가르침과 배움의 공동의 시간이라는 것은 인지하고 있었으나 과연 사소한 것에 귀를 기울였던 것일까. 그 사소함이 어린이에게 어떤 의미였을까를 성찰해 보면 어린이에게 기다림을 언제 사용해야 하는지 정말로 행복한 순간에 어린이는 무엇을 하고 있는 것들이 있다. …중략… 나는 앞으로도 기다리고 있을 아이들의 수많은 놀이에 대한 각각의 욕망을 어린이 스스로 자신 있게 꺼내어 표출할 수 있도록 끊임없이 곁에서 고민하고 함께할 것이며 더 큰 깨달음과 즐거움이 펼쳐지기를 기대해 본다.

현 교사 성찰일지(2018. 7. 14.)[12]

---

12) 2018년 한국어린이교육문화비평학회 연구세미나에서 '어린이집 현장 사례'로 발표한 원고 중 일부이다.

그날의 '기쁨'을 나는 잊을 수 없다. 근 1년 동안 교사들과 만나며 잘 노는 교실을 만들기 위해 애쓴 시간의 보람은 정교사 그 자체였다. 상 기된 교사의 얼굴에 다시 찬란했던 연두반 교실이 떠올랐다…. 교실마 다 자유롭게 흘러가는 놀이는 상상만 해도 즐겁다. 그 놀이는 예측 가 능하지도 않고, 시간과 공간, 사람과 초월하여 운동하고 있다. 충만하 게 놀이하는 아이와 교사. 놀이하는 교사는 마치 새로운 세계의 우주 속에 사유하므로 참으로 자유로울 수 있다.

교사의 삶은 단 하나의 사유 방식을 요구하지 않는다. 오히려 다르게 사유하는 방식을 거듭하며 그 안에서 사람들을 만난다. 교사는 현재를 살아가는 어린이, 부모, 동료와 만남 안에서 사유하는 것은 그야말로 예측 불허에 가깝다. 어린이의 놀이도 모호함의 연속이 아닌가 싶다. 어린이가 놀이에서 얼마나 충만한지, 여러 상황마다 어린이의 놀이에 는 수많은 '뒤집음'(eversion)이 발견된다. 이처럼 아이들의 놀이는 충 만할수록 예측하기 어렵다는 생각이 들기도 한다(Sellers, 2018).

예측하기 어려운 것은 '하루의 일과'도 마찬가지다. 교사가 나의 일과 를 아무리 꼼꼼히 빈틈없이 계획한다고 할지라도 "오늘은 완벽하게 잘 해냈어.", "오늘은 성공한 하루였어!", "진짜 만족스러운 날이야."와 같 이 자신도 내적인 만족감을 느끼기란 어려운 상태가 어린이집 현장이 아닌가 싶다.

원장이 살아가는 하루의 일과도 마찬가지다. 단 하루라도 사건 사고 가 없는 날이 없고, 매일의 일상은 바쁘다는 말을 입고 달고 산다. 모든 사람에게 똑같이 주어진 '어린이집에서 사는 그 하루'를 잘 산다는 것 은 도대체 무엇을 뜻하는 것일까? 명확히 설명하기 어렵더라도 이것의

함의를 고려하고, 염두에 두는 삶은 그렇지 않은 사람의 일상과는 차이가 있을 것이다. 그 생각으로 오늘 아침은 나에게 말을 건네었다.

나와 교사들은 "어떤 순간에, 행복감을 느낄까? 일과가 충만할까?" 이 물음에 대한 대답은 나에게 속한 문제이면서도 우리 어린이집 교직원 전체의 고민이기도 한 것이다. 이 고민에 대한 해답을 나와 교사들의 일상의 삶에서 찾아보았다. 이윽고 교사들이 실행하고 있는 교실의 한 장면에서 희망을 발견하였다.

나는 매일 하루도 빠짐없이 15개의 교실을 바라본다. 문을 열고 들어가 교사와 아이들의 놀이를 관찰하기도 하지만 순간의 포착에도 의미 있는 것들을 깨닫곤 한다. 내가 본 것 중에서도 가장 교사들이 충만해 보이는 열정의 순간, 다시 말해 행복해 보이는 순간은 아이들과 만남에서 경험하는 웃음, 환호, 즐거움 같은 것이다. 매일 교실의 문을 여는 순간, 놀이의 경이로움, 놀이가 선사하는 '희열감'과 '충만함'을 상상에 찬 눈을 마주치면, 나도 열정에 금세 젖어 든다.

원장으로 살아가는 나는 습관적으로 놀이를 신화 이야기 하나 정도로 재현할 때가 있다. 어떤 경우에는 어린이의 놀이를 '이상화(理想化)' 하려는 과잉된 의도, 보육 현장의 현실을 그대로 보지 못하고 이상에 비추어서 보려는 일이 될까 우려가 된다. 때때로 나 또한, 어린이의 놀이를 관념화하고 질서와 합리성의 의도로 교사들을 내 생각으로 이끌어 갈 때도 있다. 그리고 우리는 쉽게 '놀이'에 대해, 교사의 일상, 교육과정에 대해 "난 잘 알고 있다."라고 자만한다. 즉, 우리는 좁은 생각에 집착하는 아집으로 자기 생각만을 내세우거나, '자가당착(自家撞着)'에 빠지는 지름길이 되는 걸 그 순간엔 이해하지 못하며 놓치기도 한다.

2020년은 개정 누리과정의 현장 적용이 중요한 화두이지만, 그보다 앞서 교육, 놀이를 바라보는 철학의 변화가 있다는 것을 간과해서는 안 된다. 교육 철학은 교사로서 직무를 실행해 나감에 있어서 지표가 되고, 학급과 어린이집 운영의 범주까지 영향을 미치는 핵심적인 의미를 형성해 나가는 방향인 것이다. 그러므로 교육과정, 각종 교육계획안을 수정하고 변화에 맞추는 실행과 함께 교육과정을 바라보는 교사의 관점, 인식의 구조 등을 되짚어 보며 지금껏 현장에서 실천해 온 나는 어떤 선생이었는지, 그리고 나는 어떠한 교사로 살아가기를 바라는지 인식을 더해 교사로서의 정체성을 형성해 나가도록 '교사재교육(retraining)'을 만들어 간 것이 중요하다.

단번에 완성되고 빛나는 교육은 없다. 우리 교직원을 대상으로 하는 재교육도 마찬가지다. 교사를 대상으로 가르치는 재교육은 일 년의 계획을 염두에 두고 교육 내용이나 수준을 세밀하게 챙기지 못할 때가 더 많기도 하다. 오늘의 시도를 시발점으로 하여 새로운 '탈주선'을 타게 될 것을 기대하고, 유일무이한 우리 어린이집만의 실행하고 실천해 낸 이야기가 나의 의미 있는 교육 내용이 되기를 바라 본다.

이제 교사의 이름을 단 선생이나, 십수 년을 교사로서의 삶을 살아온 선생이든지 간에 모두 나에게 주어진 하루를 사는 건 마찬가지다. 조금씩 차이는 있으나 놀이를 실천하려고 고민하고 여러 가지 시도를 하며 갈등 속에 내던져지는 것도 마찬가지다. 무엇이 '놀이'냐고 되묻는다면 우리 중에 그 누구도 시원하게 대답을 하지 못할 것이다. '진짜 놀이'가 무엇인지, 어떤 것은 '가짜 놀이'인지를 구분 짓지 않고 그런 의도가 또 갇히게 만들 수 있음을 간과해서는 안 된다.

어린이집에서 어린이와의 만남이 행복하고, 부단히 힘든 현장이지만 희망의 근력을 키워 나가는 교사들이 한 명이라도 살아난다면, 그것으로도 고마운 일이다. 교실에서 조금이라도 충만한 놀이로 나아간다면, 우리나라 전체의 재교육도 지금보다 진보하는 방향으로 변화하는 현장이 되기를 진심으로 바란다.

　어린이집과 살며 가르치며 꿈꾼 성찰일지

성장이란 무엇일까?

한 아이에 대해 '대화'하면서 붙잡은 생각으로 급히 교사와 대화해야겠다는 생각에 이르렀다. 잠시 교실 상황을 살피다가 "선생님. 솔이에 대해 이야기하고 싶어서 대화하자고 했어요." 라고 초대했다. ···중략··· 그렇게 시작한 대화는 한 시간을 꽉 채우고도 시간이 금세 흐름을 알 수 있었다.

일화(2019. 4. 17.)

아이들이 기대하고 고대하던 12월 성탄절 파티가 있는 날. 바로 그 날이 오늘이다. 함박웃음을 짓는 아이도 있지만, 여느 때와 달리 상기된 표정이 역력한 아이도 있는가 하면, 걸음걸이도 하늘을 날아다니는 듯 공기와 같이 사방으로 달음질을 하는 아이도 눈에 들어온다. 무언가를 준비하지 않았지만, 이런 특별한 날에 어울리는 것은 단연코 선물이다. 선물이라는 이름을 부르는 순간 어떤 물건이 포장지 속에 있을까? 상상하게 되고, 어느새 마음은 선물과 마주하게 된다. 선물을 곱게 포장할 리본이나 상자는 없지만, '나'라는 사람이 갖는 목소리가 특별한 선물이 될 거라는 생각에 급히 실행으로 옮겼다.

사실 나는 교사와 아이들 앞에서 노래를 부른다는 것은 상상해 보지 못했던 일 중의 하나이다. 잘하지도 못하는 노래를 부르려면 용기가 필요하지만, 단 몇 분 안에 시작하고 마침표를 찍는 쉬운 일일지도 모른다. 그렇게 노래를 부르려고 파티 장소로 가는 길에 대성통곡하는 아이를 보게 되었다. 아이가 막무가내로 울며 우리를 찾고 불안한 모습을 보이자 교사의 눈에도 불안이 투영되고 있었다. 근 일 년 동안 담임교사로 살아왔기에 누구보다 아이의 마음을 알았고 어르고 달래서 파티 장소로 왔을 텐데 아이들이 울음으로 감정을 표현하는 일은 일상에 가깝지만, 유독 빈번히 우는 아이가 여느 때보다 더 눈에 들어 왔다. 진땀을 빼는 파티, 밥이 어디로 들어가는지도 모를 식사시간이 겨우 지나고 나서야 그 반 교사를 만나야겠다는 생각이 들어서 먼저 교사에게 면담을 요청했다.

　"선생님. 오늘 솔이에 대해 이야기하고 싶어서 대화하자고 했어요."
　그렇게 시작한 대화는 한 시간을 꽉 채우고도 시간이 금세 흐름을 알 수 있었다. 이와 달리 논의 주제가 정해져 있는 '교직원 회의' 시간은 사뭇 다른 풍경이다. 왜 그럴까? 교직원 회의에 교사들은 왜 입을 열지 않을까? 이렇듯 대화를 하는 사람은 같으나 대화의 내용이나 분위기 등은 확연히 다름을 알 수 있다. 실제로 오늘 정답을 찾거나 해결안을 찾지 못한 대화였다. 하지만 한 아이에서부터 시작했던 대화는 이윽고 나를 돌아보는 이야기로 연결되었다. 그리고 교사로서 어떠한 역할을 해야 할지를 더 고민 속으로 빠뜨린 시간을 더했던 것 같았다. 대화를 기록하거나 그 이상의 의도를 갖고 유도하지 않았지만, 교사와의 대화는 그렇게 진지할 수가 없었다.

　성장이란 무엇일까? 무엇이 교사로 하여금 성장하도록 동기 부여를 하는가? 성장의 원동력은 무엇인가? 교사가 성장하는 것이 원장인 나에게 어떠한 의미가 있는가? 교사들의 성장을 위해 원장은 핵심적인 역량을 발휘해야 한다고 하는데, 그 역량도 '관계 맺기'가 아닐까 싶다. 전체를 아우르는 교사교육이 아니라 한 사람, 한 사람의 소중함을 인정하고, 그 사람과 대화를 하며 성장의 포인트를 성찰해 보고, 그렇게 생각한 바를 실천해 봄으로써 또다시 무엇을 해야겠다는 노력과 애씀의 과정. 그 순환 속에서 교사들은 '사고하는 교사'로 성장해 가는 게 아닌지 행복한 상상을 해 본다.

전이(轉移), 이대로 괜찮을까?

산이의 학교에서 오전 9시까지 교실로 입실하면 11시 반에 귀가한다는 통신문을 받았다. 학교 측은 아이가 적응하는 기간을 고려해서, 일주일은 12시 귀가. 그리고 방과 후 돌봄 교실을 3일 후에 이용할 수 있지만, 4시까지라고 말한다. 나는 당황스러움을 감출 수 없었다. 설마 그렇게 대책 없이 부모에게 알아서 하라고 할까 싶었고, 그러므로 내심 기대했나 보다. 이후에는 맞벌이 상황을 고려해서 5시까지 운영한다고 당당히 말한다. 어느 직장이 5시에 퇴근할 수 있을까? 아니 적어도 학교까지 5시까지 도착하려면 4시에 나서야 하고, 나는 이곳까지 5시에 도착하려면 3시 반에는 출발해야 한다. 당장 오늘은 휴강으로 처리했지만, 다음 주부터는 아이를 누구에게 맡겨야 하나? 어린이집에 다닐 때는 종일 보육이 가능해서 걱정이 없었는데…. 도대체 학교에 가게 되는 아이를 위해 무엇을 적응시키겠다고 하는 것일까? 기본적인 조건부터 연속되어 있지 않은 상황을 어떻게 받아들여야 하나? 나는 이 물음에 답을 할 수 없었다.

일화(2016. 3. 2.)

일화에서 말했듯이, 우리 사회에서는 자녀가 초등학교 입학을 할 때즈음 부모는 많은 스트레스를 받는다고 한다. 특히, 맞벌이 가정에서는 당장 초등입학 후 11시, 12시 등의 이른 귀가로 돌봐 줄 사람이 없어 여간 힘들지 않다. 이 시기 동안 1학년 자녀를 둔 엄마들은 급격히 변화된 환경에 살아갈 자녀를 돕기 위해 별별 수단을 다 동원한다. 초등학교 입학을 앞둔 자녀의 상황을 지켜보며, 더 고민이 되었던 나는 '유아교육 기관에서 초등학교로의 이동, 전이는 이대로 괜찮은 건가?'라는 의구심을 품게 되었다.

베이비시터, 공부방과 학원으로 돌리기, 급작스런 육아휴직 등등. 이마저 안 되는 환경이면 퇴직을 감행한다. 이러한 문제는 아들이 취학할 즈음부터 불안감은 고조되었고, 현실적으로 별다른 묘안이 없어서 좌절감은 더해 갔다. 그리고 나는 '왜 아들이 어린이집에서 초등학교로 이동할 때 연속성이 고려되지 않은 것일까?'라는 물음을 갖게 되었다. 여기서 말하는 '연속성(Continuity, 連續)'은 끊이지 않고 계속되거나 지속하는 것이다. 얼핏 보아도 산이는 연속성이 단절된 상황에서 겪은 일례로 볼 수 있다.

그런데 흥미로운 점은 학교로 입학할 아이들에게 원만한 적응을 위해서는 '경험이 연속되어야 한다.'라고 흔히 사용한다는 점이다. 아동이 유아교육 기관에서 초등학교로 전이할 때 '연속성'을 고려한다는 것은, 이미 교육과정을 편찬할 때부터 중요한 관점으로 기저를 두고 어느 정도는 잘 반영하고 있는 듯 보인다. 초등교육과정이 2015년 일부 개정되면서 초등학교 1~2학년(군)에 한글 교육을 강조하는 등 유아교육 과정(누리과정)과 연계, 즉 연속성을 강화한다고 밝혔다(교육부,

2015.). '초·중등교육과정 교육과정 편성·운영 기준'에서 학교는 1학년 학생들의 입학 초기 적응 교육을 위해 창의적 체험활동의 시간을 활용하여 자율적으로 입학 초기 적응프로그램 등을 편성·운영할 수 있다고 하였다.

다시 보는 '연속성'

전통적으로 교육과정에서의 연속성은 Tyler의 교육과정 내용 조직 원리에서 '계속성(continuity)', '계열성(sequence)', '통합성(integration)'과 같은 단어가 먼저 떠오른다. 이 중에서 유아교육 기관에서 초등학교로 전이(轉移)에서 '연계'는 '연속성'이라는 용어로 사용해 왔다. '연속성'은 '거시적, 전체적 측면에서 교육과정 문서 외에 학습자와 관련된 연결성을 고려하는 것'에 가까운 개념이다.

보통 교육과정 연계는 종적, 횡적 관계를 연결하고자 하지만, 실제로는 문서상 교육과정으로만 국한되어 있다. 기존의 발달 심리학에서 주류의 담론은 아동 개인의 발달 연속성을 따라 학습이 이루어진다는 주장도 있다. 문제는 교육과정의 연계는 문서에만 국한되고, 아동의 삶의 전반적인 모습을 연계와는 동떨어져 있다는 점이다.

한편, Moss(2017)는 의무교육과의 관련성을 논하는 텍스트에서 연속성을 여러 나라에서 바라본 다양한 관점에서 시사하고 있다. 각 나라마다 독특한 문화와 배경으로 학교로의 전이를 해석하고 있는데, 나는 현장에서 아이들과 오랫동안 생활하면서 학습보다 더 삶의 연속성을 고려하는 것이 매우 인상 깊었다.

구성주의 이론에서도 연속성은 중요하다. Vygotsky는 인간의 정신 과정은 사회적 상호작용을 통하여 순서화되고, 체계화되며, 논리적으로 되고, 목적 지향인 것으로 되어 간다고 했다. Dewey는 지식의 기능이란 하나의 경험이 다른 경험에 자유롭게 활용되는 것이라고 정의하며 아이들의 이전 경험, 현재 경험, 미래 경험을 연계하는 것이 매우 중요하고 완전한 교육적 경험은 학습자와 학습 내용 사이의 상호작용과 연속성이 있어야 한다고 했다.

문화 구성주의 학자 Bruner도 어린이의 내러티브(narrative, 이야기로 서술된) 사고를 통한 의미 구성은 문화 안에서 이루어진다고 보고, 교육은 이 과정을 주목해야 한다고 하였다. 그리고 Dewey는 경험이 주체 때문에 자각될 때 존재하게 되는 것으로 본다. 유아교육에서 주체인 아이가 경험하는 것은 어린이집에서 경험한 것이 초등학교로 전이했을 때에도 영향을 미치므로 연속성을 고려한 '좋은 경험'이 되어야 한다(Dewey, 2002). 이때 교사는 각자 아동의 삶에 처한 환경에서 이전의 경험은 그 다음의 경험으로 연결되고 이어지도록 고려해야 한다.

학교로의 전이

Vygotsky는 아동이 또래와 교사 관계에서의 상호작용을 교육의 역할을 중요하게 보고 있다. 이러한 관계를 기초로 하는 상호작용은 각자의 역사성을 가진 타자로 서로를 인정하고, 어느 날 한순간 성립되는 것이 아니라 만남을 통해 고유한 의미를 만들어 가는 것이 전제되어야 가능하다고 볼 수 있다.

《앎의 나무》에서는 아동의 존재 자체의 가능성을 더 강력하게 떠올리도록 만든다. 《앎의 나무》에서 말하는 개체발생은 개체가 조직을 잃지 않은 채 겪는 구조변천의 역사이고, 개체의 구조변천은 순간마다 일어나는 것으로 본다. 즉, 세포라는 개체는 환경과 끊임없이 주고받는 상호작용을 언제나 자기 구조를 바탕으로 바라보고 처리한다는 뜻이다(움베르또 마뚜라나, 프란시스코 바렐라, 1994).

개체가 가진 개체의 구조적 특성 때문에 변화가 일어난다는 것이다. '자기생성체계'를 가진 아동은 외부의 환경을 풍요롭게 갖추는 것 이전에, 개체 자체인 내부에 결정권이 있다는 의미로 해석할 수 있다. 아동 개체에 결정권이 있다고 보면, 아동 자체인 존재가 가진 고유성을 인정하는 것을 전제로 보아야 할 것이다.

초등학교로 전이하는 연속성에서 관계를 맺는 교사는 아동이 가진 고유성을 중요하게 보아야 함을 알려주는 듯하다. 이 논리에 따르면, 생명체인 아동은 신경계가 있든 없든 언제나 구조적 현재 속에서 작동한다고 볼 수 있다. 과거의 상호작용과 미래의 상호작용은 관찰자끼리의 의사소통에 중요할 뿐, 신경계가 있든 없든 모든 아동은 그것이 작동하는 대로 작동한다는 것이다. 각자의 역사가 자신을 그렇게 규정하고 있기 때문이다. 그리고 환경의 영향력은 유한하므로 적절한 환경만 제공하면 되는 거 아니냐고 반문할 수 있다. 여기에서 중요한 점은 아동과 관계를 맺는 교육자들은 특히, 각각의 유기체는 내적 상관관계가 있는 존재로 살아간다는 것임을 존중하고, 인정하는 태도라고 볼 수 있다.

그렇다면, 어린이집에서 초등학교로의 전이는 아동의 경험을 존재

　어린이집과 살며 가르치며 꿈꾼 성찰일지

의 능력을 긍정하고, 존중하는 의미로 전이의 내용을 담고 있는가? 그렇게 하려면 무엇을 고려해야 할까? 다음의 초등학교 1학년 어린이의 인터뷰에서 아이들이 말하는 공통점은 '관계, 친구와의 연속성'을 고려해야 한다는 말로 읽힌다.

> 나: 학교에 갈 때 친구들과 헤어지는 것은 어땠어?
>
> 민: 진짜 슬펐어요. 싫죠…. 친구들과 안 헤어지고, 학교 가게 준비해 주면 좋겠어요.
>
> 나: 멀리 살아서 사는 집이랑 가까운 곳으로 가게 되니까, 모두 헤어졌었겠다.
>
> 민: 네! 그래서 엄청나게 울었어요….

초등 1학년 어린이 인터뷰(2016. 10. 27.)

초등학교 1학년의 남아인 민이는 어린이집에서 전이할 때 가장 힘든 일이 '친구와 헤어짐'이라고 하였다. 초등학교 1학년 아이들뿐 아니라, 만 5세 아이들도 이사로 인해 친구들과 헤어진 경험을 이야기하면서 "너무 슬펐어요.", "외로웠어요."라며 부정적인 정서를 표현하였다. 만약에 어린이집에서 정든 친구와 학교에 갈 수만 있다는 가설에서 아이들은 "힘이 난다.", "외롭지 않다.", "덜 무서울 것 같다.", "의지가 된다."라는 표현도 하였다. 이처럼, 인터뷰에서 만난 아이들은 학교생활을 안정적으로 할 수 있도록 돕는 요인이 '친구 관계'였다.

초등학교 전이에 대해 취학 전 학부모 간담회에서 부모들은 아이들에게 어떤 도움을 주어야 할지에 대한 내용을 듣기도 하지만, 구체적으로 내 아이에게 필요하고 맞는 지원이 무엇인지는 더 깊이 들여다보아야 할 문제이다. 그리고 아이들의 경험에서 무엇을 고려해야 하는지는 정확히 알 수가 없다. 인터뷰에서 만났던 아동들은 부모의 선택에 따라 신도시로 이사 오면서 우정을 쌓은 친구들과 헤어져야만 했다. 이별을 겪은 아동들은 환경과 사람을 스스로 선택할 수 있는 조건에서 분절을 경험했음을 발견할 수 있었다.

몇 년이 지난 지금도 여전히 유아교육의 '학교화'는 문제라고 생각한다. 초등학교로 전이는 아동의 경험 연속성에서 더 세밀히 보면 어떨까? 부모와 교사는 아동 존재의 고유성을 존중하여 연속적인 경험이 이어질 수 있도록 고민해야 한다. 이러한 노력이 있을 때, 더 많은 사람의 공감대를 형성하고 실천으로 이끌 수 있으리라 확신한다. 그 중심에는 현장의 교사 그리고 원장, 이해관계자들의 진지한 성찰과 실천의 줄들을 잇고 또 이어 갈 때 아이들이 더욱 행복한 교육 안에서 살아갈 수 있을 것이다.

아이들의 삶의 연속선상에서 학교로의 전이가 이루어져야 한다는 것, 그 안에서 적응프로그램이 만들어지고, 논의하는 장(場)이 더 만들어 나가길 바라며 소망의 씨를 뿌려 본다.

넷

아이와 함께
살다

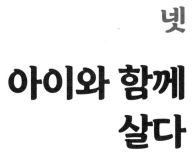

주체로 살아가는 나와 아이

부모가 되는 순간부터 나와 아이의 존재에 대해 끊임없이 생각했었고, 아이를 어떻게 대하는 게 적절한지가 항상 고민이었다. 사람은 나를 누구인지를 말하고, 타인이 나를 말할 때 흔히 '술어적인 주체'로 불리는 것에 머물 때가 많다. 'T 기관에서 일하는 교직원 민달님 씨', '10살 남자아이의 엄마' 등. 그럼 진짜 나, '나는 누구인가?'의 물음으로 어쩌면 다른 사람들이 말하는 술어에 갇혀 나는 내가 아닌지를 나 자신을 돌아보았다.

나는 나를 누구로 인식하고 있는가? 내가 나에게 주체로 살아갈 때 술어적인 주체를 넘어서는가? 그렇지 않은가? 여러 물음이 생성됨을 느끼는 만큼, 책 읽기도 마음이 멈추는 듯 속도를 내지 못했다. "과연 나는 지금껏 만나 온 아이들, 교사들을 주체로 바라보았던가?"라는 질문 앞에 나의 마음이 멈춰 서는 것을 느꼈다.

스피노자식으로 말하자면 '주체'인 사람은 끊임없이 신체적으로 변양대로 동시에 정신적으로 감응한다. 주체는 시간의 지평 위에서 '시간의 종합'을 통해서만 주체로 성립한다(이정우, 2009). 물이나 바람에는 개체성이 존재하지 않지만, 그것들에 주체성을 부여함으로써 이미 함축적으로 개체성을 부여하고 있는 것이기 때문이다.

개체성을 지닌 나. "그럼 나는 구체적으로 누구인가?" 그리고 "나는 어떤 엄마인가?"라는 물음을 내게 해 본다. '좋은 엄마가 되고 싶은 나.', '좋은 선생이 되고 싶은 나.' 그렇다면 좋은 엄마, 좋은 교사가 되려면 나는 무엇을 해야 하는가? 이 물음에 대한 갈증으로 찾은 사라러 딕의 《모성적 사유》에서 '사유(思惟)하는 사람'에 대해 생각해 본다. 사유하는 사람은 남들이 나를 말해 주는 내가 아니다. 근원적으로 고민하고 내 삶을 살아갈 때의 나는 엄마로서 어떻게 해 나가야 할지를 찾아가는 여정 속에 반드시 있어야 하는 것 중의 하나인 것이다. 사유는 철학자들만의 것으로 생각하기 쉬우나, 내가 엄마일 때 그 사유는 가장 빛나는 것이라 여겨진다. 생각해 보면 내 아이 산이와 대화를 하고, 함께 한 공간에 머물러 있을 때조차도 사유는 되는 것이 아닌가. 끊임없이 나는 너에게, 너는 나에게 어떤 의미인지 되짚어 보고, 그래서 나는 지금 무엇을 해야 하는지 고민하고, 사유 끝에 또 어떤 것이든 선택했던 것 같다.

내가 그러하듯, 내 몸속에서 태어난 산이도 주체적인 사유를 가진 존재이다. 그것도 매일매일 변용하고 저 자신이 되어 감으로써 성장해 나가는 그런 세계 내 존재하고 살아 있는 존재이다. 그런 아이를 나는 어떤 관점으로 바라보고 있었는가? 무엇인가를 가르치는 데 익숙해진 교육자의 틀이 고스란히 아이와의 관계에서 나타났던 것은 분명했다. 이러한 내 모습은 아이를 주체자로 대해 주지 않았다. 엄밀히 구분 짓기 어렵지만 존중한다고 하는 나의 다짐은 내가 세워 놓은 기준과 범위 내에서만 허용되는 자세이다.

그렇지 않으면 아이에 날카로운 설명과 그것에 따른 반성을 친절하게 강요하였다. 그것은 표현 방식만 다를 뿐, 친절을 가장한 폭력과 다르지 않은 것이었다. 나의 기대와 뜻에 순순히 따르지 않는 아이는 나에게 '까다롭게 힘든 아이'로 인식되었다. 산이 그 자체를 보며 이해하지 못했던 시간. "너는 보통의 아이들처럼 평범하게만 성장해 주면 되지 나는 아무것도 바라지 않아." 겉으론 욕심 없고 아이를 존중해 주는 듯 포장되었지만, 정작 산이는 그런 엄마의 말을 인정했을까 싶다. 결국, 나는 머리에 아동교육에 관한 지식만 가득 찼을 뿐, 아이의 타고난 '고유성', '저다움'을 수용하지 않은 채 자꾸만 저 자신을 포기하길 바랐던 것이다.

생각해 보니 어릴 적 나도 나 자신을 술어적인 주체로 보는 사람과 마음을 가까이하고 싶지 않았었다. 어릴 때부터 혼자 상상의 노래를 부르고 주절주절 글쓰기를 즐겼던 꼬마의 말과 글에 관심을 기울여 주셨던 선생님. 별로 두각을 보이지 않았던 나는 이런 나의 존재 자체를 인정해 주시고 알아차린 선생님과 만남으로 이후의 학교생활은 완전히 달라졌었다. 나를 주체적인 존재로 바라봐 주셨던 선생님의 고마움을 성인이 되어서도 간직하고 있다.

좋은 교사가 반드시 좋은 엄마가 될 수 있는 것은 아니다. 분명한 것은 좋은 엄마는 매일매일 그의 일상 속에서 사유하는 사람이어야 한다. 사유가 살아서 움직이는 한 살아 있는 존재자로 아이와 생동적인 대화를 해 나가는 데 조금은 더 가까이 다가갈 수 있을 것이다. 내가 삶의 주체이듯, 일곱 살 난 산이는 자기 삶의 주체인 것이다. 나는 좋은 엄마가 되기를 통해서 살아가며 오늘도 그 시간의 생성 속에 나 다운 개체성을 가진 산이 엄마로 살기를 바라 본다.

부모, 새로운 삶의 렌즈

부모란 무엇인가? 또 부모로 살아간다는 것은 어떤 것인가? 이 물음에 선뜻 명확한 대답을 하지 못했다. 왜 그럴까? 솔직히 이런 질문을 자신에게 진중히 물어본 적이 없었던 것 같다. 《부모로 산다는 것》을 읽으면서 '부모 되기'의 의미를 더 생각해 볼 수 있었다. 그중에서도 나의 마음에 머물고 생각해 본 두 가지에 대한 단상에 관하여 이야기해 보자.

먼저는 '행복한 부모'에 대한 단상이다. 육아로 인해 힘들다는 것은 어찌 보면 당연하고 보편적인 공감을 불러일으키는 대목이다. 이 책에서도 육아는 엄마, 아빠 모두에게 쉬운 것이 아니고, 직면하게 되는 여러 문제에 힘겨운 삶의 어려움을 겪는다. 사실 우리나라는 부모 또한 경쟁 시대에 살아남을 유능한 아이를 기를 수 있는 역량이 필요한 것으로 자의든 타의든 이러한 분위기에 영향을 받고 있다. 개인이 '내 아이는 이렇게 키울 거야.'라는 소신을 갖는다고 할지라도 길어야 영유아까지만 유효기간이 있는 듯 학문 중심의 학교사회에 내몰리는 자녀가 안타깝지만, 학제에 들어가는 동시에 부모 또한 학교 사회에 잘 적응하고 유능하게 자라는 아이의 엄마, 아빠로 함께 변화를 요구받곤 한다.

심지어 영유아의 보육과 교육을 주관하는 어린이집이나 유치원에서도 '유능한 어린이, 행복한 어린이'의 용어를 사용한다. 유능한 어린이는 행복한 어린이와 혼용하여 사용하는 현상도 볼 수 있는 단면이 아닌가 한다. '유능한 부모', '행복한 부모'라는 말도 흔히 접한다. 그런데 자녀를 행복하게 하고, 유능하게 만드는 완벽한 솔루션이 있을까? 유능한 부모가 되기 위해 공부하고 많은 양육 정보를 알고 있을지라도 제 역할을 할 수 있는지는 여전히 불확실성을 갖고 있다. 나는 이러한 사회적인 분위기에 관하여 비판적인 성찰이 필요하다고 생각한다. 이러한 단상의 연장선상에서 '나는 행복한 부모인가?' 이 질문을 스스로 하여 본다. 명확히 아는 것은 없지만, 적어도 나는 행복이 사회가 혹은 타인에게 영향은 줄 수 있으나, 근본적으로 내가 생각하는 '가치'를 어떤 개념으로 두고 있는가에 따라 달린 것이 아닌지 주목해 보았다.

다음은 '아동과 함께 살아 내는 삶 그 자체'에 대한 단상이다. 부모에게 자녀는 어떤 존재인가? 세상에 하나밖에 없는 존귀한 생명체와 만남이 아닌가? 인간관계에서 사람과 사람이 만나 의미를 만들어 간다는 것은 다면적인 측면에서도 만남이 있고, 이러한 만남 속에 각자의 역할이 필요하다. 그중에서도 가족의 범위 내에 가장 정서적인 애착이 강한 모-자 관계에서의 만남은 특별한 무엇이 존재한다고 이해했다. 그 특별함은 무엇일까?

흔히 인연을 맺는 것은 고행(苦行)의 과정이라고 말할 만큼 쉬운 일이 아니라 하지만, 부모가 되고 나서야 그 무게가 어느 정도일지 가늠이 되는 것 같다. 가족 외에 사회 그리고 국가적인 책임과 역할도 함께 논해지고, 부모가 되는 순간부터 그 만남에 대한 적응과 배움도 시작되는 것이다. 그래서 이런 관점 또 다른 관점이 존재함을 이러한 도서로 물꼬를 트기도 하고 위로를 받기도 한다.

한편 자녀와 함께 살아감에 이전에 몰랐던 렌즈를 끼고 세상을 더듬더듬 짚어 보며 알아가면서 부모 또한 성장하는 게 아닌가 돌아보기도 하였다. 한 개인에게 부모가 된다는 것은 이전에 경험하지 못한 급변한 변화이며 존재 자체로 놀라운 일이기도 하다. 어떻게 편하기만 하고 모두 유능하고 잘하는 부모일 수 있겠는가? 사람이 모두 다르듯, 나는 세상에 유일무이(唯一無二)한 아이를 만났고, 그 아이와의 만남을 통해 새로운 삶을 오늘도 살아가는 나. 아이만 성장하고 나는 멈추어 있는 게 아니라 함께 오늘을, 그리고 내일을 만들어 가는 게 아닐까.

성찰일지(2016. 3. 18.)

'어린이의 삶'과 부모

  '아네트 라루'의 글은 사회적 지위 혹은 계층에 따른 일상생활의 단층을 잘 드러내고 있다. 몇 해 전 이 책을 읽으면서 부모의 사회적 위치에 따라 그 자녀가 살아가는 삶의 양상은 미국 사회뿐 아니라 우리나라에서도 유사하다는 생각을 했었다(Lareau, 2012). 알다시피 모든 어린이는 부모, 환경, 지위 등을 선택하는 주체가 아니라, 출생과 동시에 수동적으로 주어진 것일 뿐이다. 그러면서 내가 기존에 갖고 있던 생각과 동감을 불러일으키는 부분도 있는가 하면, 부모의 사회적인 지위와 어린이의 삶에 미치는 의미가 무엇인지를 다시 보게 하였다. 그리고 어린이와 함께 살아가는 나는 어떠한 양육 스타일인지를 떠올려 보았다.

  평등한 선상에서의 출발이 아닌, 넓은 범주에서 '불평등한(Unequal) 환경' 안에서 살아야만 하는 아이들. 부모는 숙명적으로 주어진 어린이의 삶에 어떠한 영향을 미치는지 물음이 생겼다. 우리나라에는 '개천에서 용 난다.'라는 속담이 있다. 예전에는 심심찮게 입시 철만 되면 흔히들을 수 있었던 얘기다. 그러나 이제는 잊힌 소리로 들리는 것 중 하나가 아닌가 싶다. 만약에 아이들이 불평등하다면 어떻게 도울 수 있는가? 어린이집과 기관에서 혹은 교사들은 아이들이 겪는 불평등을 어떠한 관점으로 보아야 하는지? 정말 불평등한가? 누가 그 불평등을 말하는지를 논의할 수 있는 지점이 등장하고 있다.

저자는 사회학자로 사회계층이나 지위에 대해 깊은 통찰이 있는 것으로 보인다. 책에서도 다양한 가족의 사례가 생생히 전해지고 있다. 이러한 현상은 우리나라에도 마찬가지이다. 그래서 사회적 지위가 노동계 및 저소득층을 떠올리면 이러하고, 중산층의 가정에서는 부모의 지위와 직업의 안정성으로 인해 누리게 되는 삶의 영향도 긍정적인 부분과 부정적인 부분까지를 고려할 수 있는 것 같다. 그러나 사회적 지위를 두 가지의 측면으로 나눠서 대입시키다 보니 '과연 이런 것뿐인가.', '예외적인 좋은 사례'가 담기지 못하는 것이 아쉬움을 낳는다.

그런데도 사회적 지위는 강력한 메시지를 주고 그 속에서 시사점은 분명히 줄 수 있지만, 이러한 책이 전면으로 나올 만큼 신자유주의 경쟁 시대를 살아가는 사람들은 이러한 문제 제기에 자유로울 수는 없는 것 같다. 어린이와 부모와 관계하고 있는 나는 어린이의 삶을 어떤 관점으로 볼 것인지를 사적인 관심에서 벗어나 교육현장에서도 교사들과 함께 논의해야 할 부분이라는 생각을 했다.

기존에 무의식적으로 행한 언어나 행동, 통신문의 내용이 어린이의 삶의 관점에서 정당한 것인지도 살피는 일, 보다 적극적으로 교육현장에서 다루어야 할 것이다. 실제로 농담처럼 "너는 상류 계층이야."라고 말하고, 복지적인 서비스를 제공할 때 흔히 혜택을 받는 수혜자를 '차상위 계층', '기초생활 보장 수급자'들의 용어도 구분 짓고 있는 현실이다. 하지만, 무엇이 정의로운지 정작 아이들에게, 또는 당사자의 목소리를 듣지 않고도 수많은 정책 시대에 여전히 살고 있다.

그렇다면, 부모의 사회적인 계층이 어떠한가에 따라 그 구조가 만들어 내는 다양한 양상을 살피는 것은 어떤가? 사회 복지 분야에서는 그러한 노력이 꾸준히 있었지만, 영유아 교육의 분야에서는 그것의 문제가 무엇인지 연구되고 있었을지라도 진지하게 부모와 교사가 함께 논의해 본 적은 거의 없었던 것 같다. 이처럼 사회에서는 '사회적 지위와 계층'이 대물림되거나, 자손이 그 지위를 그대로 이어서 누리는 것을 당연한 것으로 여기는 부분도 있다.

최근에 본 〈베테랑〉 영화나 〈상류 사회〉 드라마가 많은 대중으로부터 공감을 얻는 이유도 여기 있다. 많은 사람이 공감하고 그것에 문제가 있음을 지적하고, 사회 문제의 영역으로 확장하여 관점을 가지고 가는데 유난스러운 일로 보지 않는다는 점이다. 우리 사회에 만연한 사회적 불평등이 존재하고 또 존재할 것이라면, 이제는 어린이가 살아가고 있는 삶의 맥락에도 교육에 관계 맺고 있는 사람들은 좀 더 관심을 기울여야 할 것이다.

성찰일지(2016. 4. 8.)

입학식 날

아들 산이의 초등입학식이 있는 날이다. 아이가 자란다는 것은 부모도 아이가 자라는 만큼 부모-되기를 해 왔다는 시간의 역사성을 갖는 것과 마찬가지다. 입학식 초등학교 교장 선생님이 훈화의 말씀을 전한다. 무슨 말씀인지 세세하게 들을 수 없는 방송시스템, 아니 개의치 않고 자기네들의 관심사를 이야기하는 부모들 탓인지. 도무지 어떤 상황의 이야기인지 이해할 수 없는 입학식이었다. 그런 와중에도 교장 선생님의 강한 목소리는 무슨 말을 하는 것인지 들어야만 할 것 같아 더 귀를 기울였다.

"예의 바른 어린이가 됩시다.", "어린이 여러분!! 따라 하세요." 그다음 말은 더 내 귀를 솔깃하게 했다. "예! 의! 범! 절!" 시끄러운 중에서도 아이들은 사태의 중요함을 아는지 하나같이 따라 한다. "예! 의! 범! 절!" 입학식이 마치고 돌아오는 길에는 즐비하게 서 있는 학원 홍보차 나온 선생님들로 혼잡함을 가중시켰다. 어느 태권도 학원에 홍보 자료로 만든 광고지에는 익숙한 글귀를 또 접하게 되었다. "예의범절을 책임지고 가르치겠습니다! 효도하는 어린이를 만들겠습니다. 믿고 맡겨 주세요!" 앞서 들었던 교장 선생님의 말씀과 함께 내 마음에 쟁쟁하게 울리고 있었다. 도대체 무엇을, 어떻게 가르친다는 것인가?
부모는 자녀에게 예의범절을 가르치지만 왜 잘 되지 않을까?
학원. 학교만 다니면 그것이 가능하다는 말인가? 나는 이 물음
에 답을 할 수 없었다.

성찰일지(2016. 3. 2.)

위에 제시한 글은 나의 '일화 쓰기' 중 한 부분이다. 지난주부터 초등
학교로 입학한 아들 산이를 보면서 느꼈던 터라, 이 책을 읽으면서 더
욱 공감할 수 있었던 것 같다. 삼십 몇 년에 들었던 훈화 말씀은 시간과
공간만 다를 뿐, 지금에도 무슨 의미인지 모를 말을 반복하여 듣는 곳
이 우리나라 학교의 단상이기도 하다.

'입학식'의 모습은, 단적으로 학교가 어떤 곳인지, 학교의 역할이 어
떤 것인지를 보여 주는 것만 같다는 생각을 지울 수가 없다. 국가에서
정책적으로 중요하다고 선별한 지식과 가치가 학교라는 거대한 체계
를 통해 전달 혹은 전수되어 온 근대적인 가치와 권력이 여전히 생산
되고 있다. 이러한 비판은 교육자이자 연구자로 살아가는 우리가 진지
하게 숙고해야 할 부분이다.

한석훈 님의 교육소설 《유진의 학교》는 최근 나의 고민과 맞닿아 있
는 부분이 있어서 쉼 없이 읽을 수 있었다. 20대 후반의 주인공 유진의
삶에서 학교는 직접 해결해야 하는 문제이면서도 이를 통해 교육 전반
적인 동서양의 철학까지 아울러 되짚어 보는 성찰의 시간을 보냈다.

나 또한 유진의 고민과 갈등에 공감하는 부분이 많았기에 더 몰입하며 읽을 수 있었던 같다.

학교를 설립하는 과정에서 주인공 유진이 고민하는 문제들이 나에게는 질문으로 다가왔다. '과연 학교는 어떠해야 하나?', '학교는 학생을 대상으로 무엇을 가르칠 것인가?' 혹은 '어떤 그림을 그리고 어떠한 방향으로 나아가야 하는가?' 계속 이어지는 질문에 대답하고 그 과정에 '가장 중요한 가치는 무엇인가?', '어떤 것을 붙잡아야 하는가?' 그리고 이러한 관점으로 할 때 '교사는 어떠해야 하는가?' 한편으론 평범한 이십 대인 여성 유진이 학교를 만들어 가는 사업에 참여하면서 만난 여러 사람과의 관계 속에 다른 삶의 이야기를 주목하고 싶다. 유진이 만난 오형모 교수, 그리고 공동의 목표인 일을 성취해 나가기 위해 벌어지는 문제들은 유진 스스로 성찰하게 하고 깊어지게 했다. 이러한 만남이 없었다면 어떠했을까? 잠시 상상해 보기도 하였다.

유진은 자신에게 묻는다. "저는… 아직까지 교육이 영혼의 문제라고 생각해 본 적이 없어서요." 이 말에는 여러 의미가 있을 것이다. 나 또한 학교는 하나의 기관으로 볼 때가 종종 있었다. '영혼'을 다루는 사람으로 '성직자'를 빗대어 볼 수 있는가? 성직자는 한 영혼의 소중한 가치를 알고 지식과 이론을 뛰어넘고, 하늘로부터 주어지는 사명감으로 영혼을 위해 온 힘을 다하는 사람이다. 넓은 초원에 수많은 양이 평안히 있더라도 한 마리의 양이 길을 잃어버리면 진실한 목자는 길 잃고 헤매는 양을 안타까운 마음에 애타게 찾을 것이다.

만약 교사나 원장이 '목자'와 같다면 어떠할까? 교사는 아이들을 돌보고, 가르치고, 성장의 벽을 넘게 할 수 있는 목자의 심정을 발휘할 것이다. 마치 민들레 씨와 같이 말이다. 유형의 학교가 어떠하든 진실한 선생님이 존재론적으로 학생들을 만나며 선한 영향력은 뿌려질 것이기 때문이다. 이처럼 교사가 어떤 존재로 만나는가에 따라 학교는 새롭게 쓰는 이야기가 될 것이라고 나는 믿는다. 시시각각으로 바뀌는 국가의 교육정책, 동서양 고금의 철학사가 울리는 교훈이 아무리 좋다 할지도 그것을 담아내는 실천가인 교사, 정책입안자, 학부모들에게 진짜 학교는 무엇이야 하는지, 또 어떤 목적이어야 하는지? 끝까지 생성되는 질문에 나는 계속 고민의 끈을 놓을 수 없다.

삶의 연속성

나는 일인 다역을 하며 산다. 가정에서는 한 아이의 엄마로, 직장에서는 나를 바라보는 여러 교직원의 원장으로, 사회인으로서는 자원봉사자이자 종교인으로 글을 쓴다. 동시다발적으로 해야 할 일들이 부닥치면 때때로 마음의 갈등을 겪는다. 오늘은 때마침 엄마 노릇을 할 수 있는 '녹색 어머니회' 활동을 8시 반부터 삼십 분간 하고, 얼른 어린이집을 향했다. 그러면서 한 선생님과 짤막하게 통화하며 나눈 대화가 떠올랐다. 직장인으로 학급의 교사이기도 하지만, 한 아이의 엄마인 교사의 애타는 시간이 마음으로 느껴졌기 때문이다.

성찰일지(2017. 10. 23.)

돌을 치르느라 몸살 난 아들을 떼어 놓는 첫날. 한 살배기 엄마로 나에게 어린이집 문턱은 얼마나 차갑고 또 높았을까? 그 순간 35세의 초임 원장으로 살았던 때가 갑자기 떠올랐다. 교사의 목소리가 모든 것을 자세히 설명해 주는 듯했었다. 주체할 수 없는 슬픔을 삼키며 고속도로를 주행했을 교사의 시간. 그 순간 또 나는 어떤 선택을 할지 아주 잠시 고민했다.

우리의 가정은 건강한가? 안전한가? 우리는 일과 가정을 잘 양립하는 방안을 쉽게 듣지만, 내 삶의 적용은 그리 간단치 않다. 과연 그러한지를 스스로 반문해 보면서도 이것은 나에게 어려운 과제보다 더 큰 무게로 다가오는 듯했다. 교사들이 자신의 역량을 키워 가면서 개인의 삶도 잘 유지하도록 운영하는 것은 내가 추구하는 디자인이며 중요한 운영 목표 중의 하나이기도 하다. 나 또한 이 문제에 대해 치열하게 고민했고. 이러한 맥락에서 지금의 일상을 살아 내고 있다.

사무실 책장 옆에는 몇 해 전 읽은 제니퍼 시니어의《부모로 산다는 것》이 꽂혀 있다. 나의 서재에 있는 여러 책 중에서도 일터에 소장하고 싶은 몇 안 되는 책이기도 하다. 이 책을 읽으면서 부모와 아동의 삶에 대해 생각을 해 본 적 있다. 일에 몰두하여 살다가 현장의 일을 내려놓고 보니, 동료 연구원들의 애환 섞인 자녀 돌보기에 눈길이 닿았다. 나도 나이가 들면서 철이 드는 게 분명했다. 원리 원칙주의자에 막내로 자란 나는 타인의 어려움을 공감하면서도 원칙을 내세울 때가 많았다.

결혼과 출산을 하고 나서 그리고 원장으로도 일하게 되면서 원칙의 중심에는 '사랑'이 있어야 한다는 것을 철저히 깨달았다. 이러한 깨우침이 절절했던 시절은 단연코 박사과정 시절이었다. 그 시절에는 아픈 아이를 옆에 두고 밤을 새워 원고를 써야만 했고 한 단락 글쓰기가 그렇게 어려울 수 없었다. 한 줄 글을 쓰기 위해서는 생각이 정리되어야 했지만, 아픈 아이를 옆에 두고는 마음은 갈피를 잡을 수가 없었기 때문이다. 이튿날 밤새워 썼던 글을 지우고 다시 써야 하는 고통을 겪으면서도 교수님을 만날 때까지는 최선의 결과물로 보고해야만 했다.

어린이집과 살며 가르치며 꿈꾼 성찰일지

며칠, 몇 시간을 못 자고도 3시간을 운전하다가 교통사고가 날 뻔한 적도 하루 이틀이 아니었다. 잠이 워낙 많았던 나는 학창시절에도 잠 때문에 야간자율학습을 포기할 정도였던 나. 그런 나는 여전히 존재하고 있지만, 불철주야 일인 다역을 하는 워킹맘으로 오늘을 살아 내고 있다. 그리고 이렇게 척박한 삶의 현장 속에서 함께 부대끼며 살아 낸 아들이 항상 곁에 있었다.

그래서일까? 세상을 산 지 겨우 아홉 해가 되는 아들도 엄마의 고뇌를 느끼고, 체득하며 자기도 성장했다. 무엇이 공부이고 학습일까? 공부는 자신의 인생을 살아가면서 세상과 소통하면 얻는 값진 열매라고 생각한다. 하나의 열매를 수확하기 위해서도 농부의 땀과 사계절의 기나긴 시간이 필요한 것처럼, 그리 간단한 처치나 투입으로 얻어지는 생산품의 결과물과 질적으로도 다른 것을 잊지 않아야 한다.

각자의 영역에서 또 그렇게 하루를 살다가 만날 가족들. 그 과정의 중심에 있는 교직원들이 참으로 소중한 존재가 아닐 수 없다. 오늘 나의 일상에는 무엇이 들어와 있는가? 수많은 일들 가운데 나는 무엇을 선택하며 살아야 하는가? 듀이가 말하는 아이의 경험이 연속되는 것은 부모의 노릇이 필요하다. 어린이집도 마찬가지가 아닐까? 교사와 아이, 부모와의 만남에서 지난 나의 행동과 말, 그것은 또다시 나의 일상에 영향을 미친다. 우리의 경험이 연속되는 가운데 새로운 생각은 우연한 사건과 찰나를 통과하며 단 하나의 의미를 만들어 갈 것이기 때문이다.

느티나무 도서관에서의 단상

아들 산이가 며칠 전부터 '느티나무 도서관'에 가야 한다고 떼를 썼다. 어떤 도서관인지 궁금한 참에 함께 따라 나섰다. 평범해 보이는 골목길 안에 3층으로 지어진 건축물. 활짝 열어 놓은 나무 대문은 우리를 반갑게 맞아 주는 듯했다. 여느 도서관에서 풍기는 분위기와 달리 독특한 색깔을 갖고 있어서 한순간에 매료되었다. 지하 1층에서 지상 3층으로 이뤄진 고즈넉한 한국의 글방을 연상시키는 도서관에는 갖가지 생각들이 묻어났다. 다락방 칸칸이 꽂혀 있는 만화책, 원두막에서 시원한 수박을 핥으며 읽던 소설책이 연상되는 구석이며 곳곳에 삶을 살아가던 사람들이 책을 만났던 편안한 공간이 느껴졌다. 그 속에 하이데거의 《사유란 무엇인가》 책을 발견했다. 두 해 전 하이데거의 《존재와 시간》을 읽고 그의 철학에 매료되었던 기억이 겹치면서 어느새 손 안에 들었다. 그리고 이내 생각에 잠겼다.

성찰일지(2017. 10. 30.)

어린이집과 살며 가르치며 꿈꾼 성찰일지

철학자 하이데거가 세상과 인간을 보는 눈. 그의 눈에 근대인은 존재자 전체를 표상하고 있는 이상 존재 자체를 기억과 회상에서 간직할 수가 없었던 것일까? 근대인의 사고습관에 지나지 않는 표상작용은 존재 자체를 인간의 본질에서 추방한다고 하였다. '표상작용'은 사유의 방식으로 현-존재의 열린 공간에서 회상되기를 바라는 므네모쉬네의 추방과 다름이 없다는 것이다. 이러한 까닭에 근대인은 표상하되, 사유하지 않는 주장을 하는지도 모르겠다. 하이데거는 우리에게 가장 말하고 싶은 것, 그 사유 중 하나는 '깊이 사려하기를 바라는 것'으로 특히 사람과 관계 맺고, 그 안에서 일하는 교육자, 교사들이 '가장 깊이 생각하기를 바라지만, 아직도 우리가 사유하지 않고 있다는 것'을 비판적인 관점으로 말하는 건 아닌지 모를 일이다.

인간은 인간의 본질이라는 최고의 선물을 받은 덕분에 비로소 인간답게 존재할 수 있다. 인간은 인간이기 때문에 사유하는 것이 아니라, 사유하기 때문에 인간으로 존재한다는 말도 있다. 인간이 인간의 본질을 하사한 자에게 변함없이 감사를 표해야 하는 까닭은 여기에 있다. 인간으로 존재할 수 있도록 사유의 선물을 받은 이상, 인간이 몸소 사유함으로써 감사를 표현해야 함은 당연하다. 인간이 사유한다는 것 자체가 사유의 선물에 표시하는 가장 순수한 방식이기 때문이다.

과학과 기술이 여태까지 주제넘게 근대의 삶의 지평 전체를 형성해 왔다면, 이제 새 시대에는 사유와 시작이 새로운 사유의 시원에 응답하면서 세계와 삶의 질서를 형성할 것이다. 물론 사유와 시작이 '존재의 소리'에 대한 응답이라는 점에서 같은 근원에서 유래하기 때문에 본질적인 친화성을 나누겠지만, 역시 사유는 사유로서 머물러야 할 자리가 있고 시작은 시작으로서 머물러야 할 자리가 따로 있다는 것을 잊어서는 안 된다. 사유는 새로운 시대의 지형을 만들고, 각자의 고유한 본질적인 자리에 각기 '다르게' 넓혀 갈 수 있다. 때때로 나는 내가 알고 있는 것이 '진리'라고 규정하며 그것을 믿으며 다른 사람들을 가르치고자 하였다.

그 행위의 본질은 내가 아는 것이 진리, 즉 '답'이라고 믿는 것이다. 그것은 또 다른 신화를 낳고, 그 신화에서 벗어남을 비진리라고 규정하는 오류를 범할 수 있다. 이러한 오류는 교육현장에서 흔히 볼 수 있다. 경력교사, 십 년 차 선생이 자신이 아는 것이 진리인 양, 진리를 전파하는 사람으로 자신의 신념을 포장하고, 교육의 대상자나 부모, 혹은 경력이 낮은 동료 교사에게 자신의 진리를 설명하고 전수하는 것으로 자신의 전문성을 실천할 수 있다. 여기에서 우리는 중요한 질문을 해야 한다. 그렇다면 교육의 본질이 무엇인지를 말이다.

우리가 표방하는 교육의 방향은 누가 누구에게 전달해 주는 것으로 완성되는 것인지를 말이다. 수많은 선행연구에서 교사는 교육과정을 단순히 전달하는 것을 수동적으로 취하여 전수하는 사람이 아니라, 스스로 판단하고 재해석하여 교육의 대상자에게 적절한 교육 내용을 새롭게 만들어야 하는 창도자가 되어야 한다고 강조한다. 여기에서 '창도자'라는 '진리가 1이다.'를 의심하지 않고 그대로 수용하는 사람이 아니다. 이와 달리 '창도자'로 일컫는 교사는 사유하는 사람에 가깝다고 볼 수 있다. 그래서 교사가 사유하는 것과 가르치는 것이 전혀 무관하지 않다는 결론으로 논리적으로 말할 수 있겠다.

그렇다면 교사들은 왜 사유를 해야 하는가? 방법과 기술이 강조되는

어린이집과 살며 가르치며 꿈꾼 성찰일지

현시대에 현 존재로 살아가는 나와 우리 교사들은 왜 사유도 중요한 것으로 논하지 않는가? 그게 현실이라면 지금부터 내 교실에서, 우리 어린이집에서 시작하면 되는 것이다.

사랑의 수고

수고가 어떻게 '사랑'과 어울리는 단어일까? 이 물음은 매일 참여하는 '새벽예배' 때 들었던 생각이다. 바쁜 일정일수록 일 그 자체에 매몰되기에 십상이므로 나에게 조용히 나를 돌아보는 새벽 시간은 가장 중요한 일과였다. 성경 '데살로니가전서'의 말씀을 보면 바울은 교인들에게 믿음의 본을 말하면서 자신과 함께는 '우리'를 지칭하여 '본받는 자'가 되라고 한다. 나의 이성으로 이 부분의 성경을 해석해 보면 이해되지 않는 대목이 한두 군데가 아니다.

'믿음의 역사', '사랑의 수고' 등등, 사람이 사람에게 본이 되라고 하는 말이 정답인 줄로 알던 때에는 아이들에게 '바른 아이, 예의가 바른 아이', '선생님처럼 해야 해.'라는 식의 뜻으로 너무 '가르치기'에만 급급했었다. 돌아보면 정말 내가 다른 사람을 닮고, 본을 받고 싶은 '내적 동기'가 전제되어야만 가능할 법한 이야기들이다. 게다가 출생이나 살아온 역사가 다른 교사들에게 "나를 닮아라.", "본받아."라고 말하는 것이 온당한 일인지를 자문하지 않을 수 없다. 이런 생각의 끝을 잡고, 확장해서 생각해 보면 이러한 논리로 재해석할 부분이 보육 현장에는 산재해 있다.

'만약 내가 리더십을 발휘하여, 교직원들이 자발적으로 자유의지를 드리고, 어떠한 목표를 향해 본을 받는다면 무엇을 할 것인가?'에 대한

어린이집과 살며 가르치며 꿈꾼 성찰일지

생각도 떠올랐다. 그렇다면 나는 무엇을 하고 싶은가? 그간 문제의식으로 보고 있었던 점은 '보육교사들의 리더십'에 관한 부분을 꼽을 수 있다. 내가 교사였을 때에는 교사 자신에 대해 냉정하게 성찰하는 태도라기보다는, 어린이집 현장의 구조적인 문제, 법과 제도의 개선 방향, 원장의 능력과 리더십의 부재 등을 꼬집어서 맹렬히 비난했었다. 이 말을 뒤집어 보면, '그만큼 교사 자신은 리더십이 있는가?' 이러한 구조적 문제를 위해 무엇을 하고 있는지를 냉철하게 비판하지 않는다는 뜻을 내포한다고 볼 수 있다.

미국의 교사들 중심의 글쓰기 연구회, 스웨덴의 유아 학교 교사들, 이탈리아 교사들이 아이들의 삶의 연속성을 반영한 교육 제도와 교육 현장의 문화를 만들어 낸 움직임, 뉴질랜드의 교사들이 거대한 구조와 싸워 만들어 낸 고유한 테 파리키(Te Whariki) 교육과정 등. 이러한 교육 방향은 나의 고정관념에 도전하였고, 한편으론 엄청난 감동도 받았다. 그러면서 나는 '왜 나는 그렇게 하지 못했을까?', '이제 나는 무엇을 해야 하는가?'를 고민하고, 또 골몰하게 되었다.

그들이 일구어 낸 교육과정의 중심에는 역동적인 교실의 상황을 관찰하고, 관계를 맺는 사람들과 대화하고, 또 논의하고 또 대화하며 그들의 색깔을 입히는 과정을 살아 낸 교사들이 있었다는 것이다. 즉, 그들은 안 해도 되는 일했던 사람들이었지만, 훗날 위대한 사람들로 평가받는 '교육의 민초(民草)'들이었다. 정책을 입안할 힘이 없고, 월급을 받아야 살아가는 그런 민초 말이다.

우리 어린이집에서 원장인 나는 어떤 사랑의 수고를 하는가? 오늘 아침 운전을 하면서 그런 물음이 내 마음속에 들려 왔다. 오전 당직으로 바쁜 걸음으로 현관문을 여는 당직 교사들에게 '따뜻한 고구마'와 '우유한 잔' 사는 일이 사랑의 수고가 되리라 믿고, 그 작은 일에 의미를 부여해야겠다.

성찰일지(2017. 10. 19.)

'덤'으로 주어진 시간

길 위에 서서

우리 사회 현실에서 행복하게 직장생활을 하는 직장인으로, 행복한 가정의 부모 되기. 모든 부모의 같은 바람이 아닐까 싶다. 어떻게 해야 가능할까? 나는 이 문제에 대한 하나의 답을 말하고자 이 글을 쓰게 되었다.[13]

나는 어린이집을 다니는 여섯 살배기 한 아들의 엄마이자 워킹맘이다. 이십여 년 가까이 한 분야를 주제로 공부하고 꾸준히 경력을 쌓았고, 내 일에 대해 자부심을 느끼며 살고 있다. 나름은 준비된 결혼, 육아에 대한 막연한 자신감, 이에 더하여 삼십 대 중반에 첫 아이를 가졌기에 일과 가정의 양립은 잘해 낼 줄 알았다. 특히 육아는 그랬다. 일과 육아를 병행하는 그 순간을 직면하기 전까지는.

아이의 출산, 2개월 출산휴가 그즈음에 새로운 지역으로 발령을 받았다. 말 그대로 당시의 상황은 설상가상(雪上加霜)이었다. 친정과 시댁의 도움 없이 낯선 지역에 대해 새롭게 시작해야 하는 일과 육아. 이젠 고스란히 내 일이었기에 '두려움'과 심리적 '부담감'은 더욱 커져만 갔다. 일과 육아를 잘 병행하기는 지금까지 어떤 과제나 시험보다 힘

---

13) 워킹맘으로 살던 때, 산이를 직장어린이집에 보내면서 부모로서 경험했던 내용의 글이다. 원고는 2014년 전국 직장어린이집 체험 수기 공모전에서 입상한 원고를 부분 수정하였다.

든 일임을 금방 알 수 있었다. 과제는 제출기한이 있고, 시험은 그 내용을 평소에 잘 이해하면 어느 정도 예상하는 성과를 거둘 수 있지만 직장을 다니는 엄마로서 '자녀 잘 키우기'는 딱히 기한도 없고, 시간을 대충 보낸다고 해서 종료일도 아니었다. 오히려 그런 태도로 지내면 지낼수록. 상황은 악화만 될 뿐이었다. 아이를 돌봐 주시는 부모님께 맡긴 후, 주말마다 아이를 보러 멀리 있는 길을 오고 가야만 했다. 그때는 낯선 길 위에 혼자 서서, 마치 하염없이 '눈물 바람'을 하는 듯 힘거운 순간을 버텨 왔었다. 마음에 안 들면 그만두거나 잠시 멈추고 일정을 조정할 수 있는 것도 아니었다. 그렇게 힘거운 8개월을 넘겨야 했다.

문제에 빠져 살다

그 시점에 아이를 돌보던 부모님이 건강 악화로 돌볼 수 없다는 전화를 받았다. 신문기사에서 정도로 읽던 워킹맘의 비애. 육아로 인해 취업모가 점차 줄고 있다는 사회 현상이 곧 나의 문제인 것을, 그제야 나는 문제를 직시했다. 지역마다 차이는 있으나, 실제로 어린이집을 이용하고자 알아보면 일반 아동들로 입소가 상당히 어려웠다. 불과 5년 전만 해도 돌을 갓 지난 아이들은 가정보육을 당연히 했었다. 그러나 예전과 달리 정부 지원이 확대되고 무상 보육이 가능했던 시점이라 더욱 가정에서 돌볼 영아들까지 어린이집을 이용하는 현상이라 더욱 그랬었다. 전업주부 가정에서 어린 영영 애부터 두서너 시간 맡기려고 보내는 게 현실이었다.

더 큰 문제는 어린이집 운영 시간이 맞지 않는 점이었다. 정작 맞벌이인 나는 오랜 시간을 맡겨야 하는 처지다 보니 어린이집에서는 꺼리는 대상이라는 직언도 받았다. 그래도 그동안 눈여겨보았던 어린이집은 야속하게도 없었다. 그 당시 살고 있었던 아파트는 영아 전담 어린이집이 7개나 있었음에도 저녁 7시까지 보육하는 곳은 찾아볼 수 없었다. 맞벌이 가정은 정말 직장어린이집 같은 기관이 필요하였지만, 이 기회는 우리 가정에 없었다. 직장어린이집은 부모의 출퇴근 시간을 고려하여 운영되었고 심지어 저녁 음식까지 제공하며 가정과 같은 따뜻한 돌봄과 교육이 이뤄지는데 어찌 만족하지 않을 수 있을까….

촉박한 시간 내에 선택의 폭은 없는 상태에 절박함으로, 어쩔 수 없이 전문 양육 도우미를 구하기 어려워 아파트 내에 있는 사십 대 아주머니에게 아이를 맡겨야만 했다. 아침저녁 죄인이 된 것처럼 아기 이유식과 2번의 간식까지 정성껏 준비하여 나르기도 했다. 엄마의 정성을 모르는 듯 아이는 두 돌을 넘어서면서 예민한 정서적인 반응을 보였고, 상대적으로 엄마인 나는 일하는 것에 대한 미안함이 더 커져만 갔다. 그때를 돌아보면 그냥 그 시간을 넘기는 것뿐이었다. 정말 그랬다. 그동안 내 일에 대한 자부심과 긍지가 높아 그렇게 원하는 일을 하고는 있으나, 막상 내 아이를 잘 돌보지 못하면서 하루의 절반에 가까운 시간을 보내는 게 미안하고 안타까웠다.

두 돌이 되던 해 추운 겨울. 갑자기 아이 돌보미 이모가 개인적인 사정이 생겼다며 아이를 더 볼 수 없었다. 급히 어린이집을 알아보라는 일방적인 통보를 받았다. 어린이집보다 경제적인 부담은 훨씬 컸지만, 그래도 그동안 사람이 바뀌지 않고 성실하게 사랑으로 대해 주는 아주머니가 있어서 일을 이어 갈 수 있었는데 또다시 난관에 부딪히게 되어 또다시 어린이집을 알아보게 되었다.

그 중간 시기에도 수시로 알아보며 좋은 자리가 나는지, 어떤 어린이집이 좋은지 등 나름대로 기준을 갖고 발품을 팔았었다. 대기했던 어린이집은 여러 가지 면모에서 인정될 만한 곳이라 기대했었는데 1년을 기다렸는데도 당시 '다자녀' 입소 기준이 상위 순위라 밀렸다는 소식을 들었다. 맞벌이였지만 이렇게 절박한 상황인데도 입소는 가능하지 않았다. 그나마 출퇴근 시간에 맞게 운영되는 곳은 하늘에 별 따기와 가까운 확률처럼 느껴졌고, 다른 방법이 없어 잠시 기대에 못 미치지만, 어린이집을 보내야만 했었다.

환한 날, 쨍한 날

그렇게 고통스러운 시간을 보내던 11월 어느 날. 아마 아들의 세 번째 생일을 막 지낸 날이었던 것 같다. 그래서 더 잊을 수 없는 선물이 된 날! 직장 인근에 있는 H 부설 어린이집에서 원장님이 전화를 주셨다. 꿈에 그리던 직장어린이집. 사실 우리 부부가 다니는 직장에 어린이집이 없었기 때문에 직장어린이집은 그냥 꿈이었다. 그래서 원장님의 전화를 받고 한걸음에 달려가 원서를 쓰게 되었다.

이십 년을 넘긴 직장어린이집이라 생각할 수 없을 만큼 잘 유지되고 있음을 한눈에 알 수 있었다. 작은 공간 공간마다 아이들의 흔적이 묻어났고, 교실에는 아이들의 장난감과 놀 수 있는 교재가 아주 풍부하였다. 무엇보다 아동이 중심이 되는 철학과 세월의 흔적이 묻어나는 교직원의 태도와 자부심이 느껴져 감동이었다. 일에는 그렇게 꼼꼼했던 사람이라, 내 아이가 다닐 어린이집은 더욱 엄격한 기준으로 보았지만 H어린이집은 어느 한 곳 손색이 없었다. 그저 감사할 뿐이었다. 내부 사정을 들어 보니 올해 12월부터 일반 아동에게도 입소할 기회가 결정되었고, 외부 일반 아동의 1호가 우리 아들이었다. 말 그대로 행운을 줬고 한걸음에 달려갔던 어린이집 가는 길. 내 마음에는 한 폭의 그림으로 남아 있나 보다.

고대하던 어린이집을 등원하고 적응을 마친 아들이 어느 날 현장학습을 나가서 일을 냈다. 혼자 자란 데다가 가정보육을 주로 경험했던 아들은 또래보다 고집이 셌고, 전체적인 발달이 느린 탓도 있었다. 경찰차 앞에서 사진을 촬영할 때였다고 한다. 자신이 경찰차 핸들이 있는 자리에 앉지 못하자 막무가내로 울며 친구 보고 다른 데 가라고 고집을 부린 것이 화근이었다.

당시 담임 선생님이 감정도 수용해 주고 여러 가지 다른 방법도 써보며 애를 쓰며 근근이 그 시간을 넘겼으나 전체 현장학습 시간 일정이 미뤄지게 될 정도였다고 한다. 그렇게 끝나는가 싶었는데 어린이집 앞 차량에서 내릴 때도 한바탕 소동을 벌였다고 한다. 아이를 키우다 보면 늘 있는 흔한 일 중에 하나지만, 어린이집에서도 그랬다 하니 정말 난감하였다. 현장학습 가는 날, 무언가가 마음에 들지 않았는지 오전 일과에 있던 일을 말하며 안 내린다고 심통을 부린 것이었다.

"싫어. 싫어. 미워. 안 내릴 거야." 그날은 아들 한 명으로 인해 여러 일과 지장을 주었던 것 같았고, 관련하여 담임 선생님이 생생하게 이야기를 알려주셔서 가정에서의 지원 점도 쉽게 찾을 수 있었다. 참 고마웠다. 하지만 고마움보다 그런 아들을 보낸다는 게 미안함이 더 컸다. 형제 없이 혼자 자기 위주로 생활한 독불장군 만 2세 아들. 그렇게 12월에 입소하여 한 살을 더 먹었으나 여전히 자기중심성은 더 높기만 했던 아들이었다. 그런 아이의 감정을 읽어 주면서 끝까지 긍정적인 훈육으로 보살펴 주셨던 담임 교사의 정성에 고마움과 미안함으로 하루하루를 보냈다. 그뿐만 아니었다.

어느 날은 아침 출근을 하려고 하는데, "검은색 신발과 파란색 신발을 꼭 한 개씩 신을 거야!" 무엇에 심통이 났는지 이날도 꼭! 짝짝이 신발을 신고 가겠다는 것이었다. 현관문을 잡고 늘어져, 그대로 버티기 10분을 넘겨, 그즈음 등하원을 돕고자 오신 할아버지의 도움으로 아이의 고집대로 등원했다고 한다.

원장님이 그런 아들을 보며 "우와! 오늘은 특별한 신발을 신었구나! 이렇게 신고 오고 싶었나 보다." 아들은 그럴 생각은 굳이 아니었지만, 원장님이 아이의 마음을 그대로 읽어 주자 머쓱해졌다고 한다. 자연스럽게 다음 날에는 "엄마! 짝짝이 신발은 신어 봤으니까 됐어!"라며 웃음을 지으며 다른 신발을 선택했다. 아이의 선택을 존중하되 아이의 속도를 고려하여 천천히 만들어 가는 교육방식. 내가 손꼽는 고마움 중의 최고였다.

우리나라 직장인으로 살다 보면 업무성과, 지상주의, 지나친 성공에 대한 야망으로 과도한 스트레스를 받기에 십상이라 생각해 왔다. 그런 부모의 영향으로 영유아 시기부터 아이들조차도 여유가 없는 일상에 묻혀 사는 게 아닌가 생각한다. 워낙 일찍 어린이집 생활을 하다 보면 내 생각과 나의 선택이 존중받기 어려운 게 현실이라며 주변의 아이를 키우는 친구들의 하소연에 마음이 아팠던 적이 한두 번이 아니었다. 이 일 외에도 개성 넘치는 아들로 인해 얼굴이 화끈거리는 일이 여러 번 있었고, 그때마다 같이 아이를 키워 간다는 마음으로 함께해 준 원장님과 교직원들이 있었을 돌이켜 본다.

이른 아침 출근 준비를 하다 보면 때때로 아침밥을 먹이지 못할 때도 있는데 그 빈자리를 따뜻한 오전 간식을 8시에 준비해서 제공한다고 한다. 일찍 부모와 헤어진 아이들은 아침 식사를 한 후, 신나는 놀이 체조로 건강한 몸과 마음을 돌보는 어린이집. 설립할 때부터 기독교 철학이 있어서 매주 1회 예배시간을 갖고 그 시간에는 종교를 떠나 아이들이나 자신의 소중함과 더불어 살아가는 친구와 사람들을 품고 세계 여러 나라를 위해 기도하는 어린이집. 요즈음 인가받은 어린이집은 시설 면으로 어디 부족함이 없는 것 같다. 그러나 20년을 넘게 자사의 자녀들을 위해 이른 아침부터 불을 밝힌 그들의 마음이 느껴져 어린이집 문턱을 지날 때 문득문득 마음이 뭉클해질 때가 있다.

덤으로 주어진 시간에 누비다

좌충우돌하며 직장생활과 육아에 지쳐 있었던 지난 2년. 그 사이에 아이는 몸으로 성장했으나 환경의 변화에 지극히 불안해하고 예민한 아들이 된 터라, 이제 좋은 어린이집, 좋은 교사를 만나는 것은 매우 중요한 순간이었다. 울음바다를 이루던 예전과 달리, 이젠 즐겁게 가방을 메고서는 "나도 엄마랑 출근할래!" 인사하는 아들. "그래. 엄마 어린이집 가까이 있으니 일 마치고 널 만날 거야." 불안함으로 출발했지만, 곧잘 친절하고 아이의 개별적인 발달 상태를 고려하여 안정감 있는 적응되도록 기대 이상으로 잘해 주셨다. 정기적인 면담과 수시 상담으로 아이의 속도에 맞춰 주고, 아이가 고집을 부리고 힘든 행동을 반복할 때도 있었지만 그때마다 적극적인 소통으로 언제나 이야기할 수 있어서 부모 역할을 돕는 교직원들. 어린이집의 소소한 이야기들을 언제나 인터넷 카페에 들어가 확인할 수 있고 또 소통할 수 있다.

사실, 직장어린이집을 입소하기 전에는 내 아이를 보낼 어린이집이기에 정말 꼼꼼하게 살펴볼 기회가 많았다. 내 아이를 보내고 싶은 곳은 있으나 문턱이 너무 높았다. 그러다 보니 막상 상담을 받는 곳은 내 기대에 터무니없이 못 미쳤다. 기본적인 놀이나 교육은 뒤로한 채, 인지 중심의 프로그램으로 채워진 일과가 자랑스러운 듯 소개하는 기관. 더욱 심각하게 느껴진 것은 건강, 위생, 안전 등 사각지대가 많다는 것이었다.

이에 반해 H어린이집은 직장을 다니는 워킹맘들이 대부분이어서 운영 시간 안에 언제나 또래 친구들이 많고, 아동 중심으로 놀이를 하는 곳이라 너무나 만족하였다. 공식적으로 평가인증도 우수인증을 몇 차례 받은 곳이라 여러모로 믿을 만한 곳이다. 부모로서 무엇보다 좋은 것은 아이 자신이 존중받고 있음을 아는 듯, 자신감을 점점 더 찾아가고 친구 이야기를 잘 하지 않던 아들이 점차 마음을 여는 듯했다.

"친구 이름 카드 만들자. 나랑 같이 친구 이름 수수께끼 해, 엄마."
"엄마, 오늘은 전통의 날이었어. 부채 만들었어. 시원하지?"
"엄마, 나 오늘은 자유 놀이할 때 친구들이랑 재미있게 놀았어."

"엄마, 오늘은 선생님 놀이하자. 나는 ○○○선생님~ 엄마는
친구 해."

"네 잎 클로버 찾으면 원장 선생님 갖다 주자." 등등.

퇴근하고 만나면 어린이집 이야기로 즐겁게 재잘거린다. 이렇게 행
복한 아들을 보면서 어린이집에 대한 신뢰감은 자연스럽게 두터워졌
고, 덤으로 직장에서 일할 때의 집중도는 높아졌다. 아이가 어린이집
에서 보내는 그 시간 동안 믿고 맡길 수 있는 게 얼마나 큰 행복인가!
그것을 누리지 못할 때는 그 행복이 그토록 바라던 소망이었다. 학부
모로서 만족감이 가장 높다고 하는 직장어린이집. 이제 명실상부한 기
관이 되었듯, 내가 늘 누리는 행복감이 다른 가정에 다른 기업에도 확
대되어 갔으면 한다. 우리나라 곳곳에 직장어린이집이 더 만들어지길
바란다.

아이의 일상이 행복하길 바란다면 좋은 어린이집을 보내는 것이 필
수임을, 아이가 행복하면 가정이 덤으로 행복할 수 있음을, 나는 나와
같은 혜택을 더 많은 가정에서 누릴 수 있었으면 좋겠다. 아이를 직장
어린이집에 보낸 순간부터, 심리적으로 물질적으로 얻게 된 혜택은 '그
저 덤으로 주어진 선물'과 같은 것임을 고백해 본다.

선물

땅에 썩어진다고
사라졌다 없다 할까?
돌무덤 더 두껍게 쌓아도
틈새로 마주한 얼굴

맺힌 열매로만 네 얼굴 알까?
꽃을 피워야만 아름답다 할까?
이름 없다 해도
꽃이다 선물이다

성찰일지(2021. 8. 5.)

존재 자체가 아름다운 선물, 어린이를 만나며 나를 이해하였고, 한 영혼, 한 사람의 소중함을 절실히 깨달아 가게 되니 정말 다행이라 생각합니다. 어린이가 마냥 좋아서 시작했던 교사의 일, 긴 시간 동안, 이곳에 나는 새로운 꿈을 발견하였고, 진정한 나를 만나게 된 곳이 바로 '어린이집'이라는 생각을 합니다.

초임교사 시절에 품었던 '좋은 교사'의 꿈은 열정으로 일하게 만드는 원동력이었고, '좋은 교육'을 향해 바라본 꿈은 현재의 나를 이끌었습니다. 아이를 가르치며 꿈꾸던 교사 시절을 지나, 어느새 부모가 되었고, 부모로 살면서 고귀한 생명을 가진 이 땅의 아이들에게 더욱 질 높은 현장이 많아지길 바라는 소망이 절실해졌습니다. 바로 내가 머문 현장에서부터라도 교사들과 만들어 가려고 힘을 다할 때도 있었고, 주어지는 대로만 살지 않고, 고민이 더해지다 보니 여기 나누게 된 글이 쌓이게 되었습니다.

원장이 되고서는 고독에 시달린다고 생각할 때가 있었습니다. 나에게 '성찰일지'는 나다운 색깔을 보육현장에서 스며들게 하고, 사태를 한 발짝 뒤로 물러나 스스로를 돌볼 수 있는 도구였습니다. '절실한 고독', 나 혼자라는 외로움은 바쁜 가운데서도 살아 내는 하나의 방법이 성찰일지였습니다. 내 고민을 성찰일지에 담아 나다운 자기교육을 해 나가도록 이끌었고, 교사들에게도 자연스럽게 흘러 보내는 길을 열었습니다. 나의 고민은 의외로 교사들이 공감하는 파장을 일으켰고, 겹겹이 쌓인 시간 안에서 저는 교사들과 함께 좋은 보육현장을 만들어 나가기 위해 여러 시도를 했었습니다.

어느덧 어린이집과 함께한 시간이 이십 년을 훌쩍 넘겨 버렸습니다.

지나온 여정을 들여다보니 어떤 부분은 표현이 서툴고, 의도한 바와 달리 뜻을 잘 담지 못한 구석도 있음이 못내 아쉽습니다. 비록 엉성해 보이는 구석이 한두 군데가 아니지만, 척박한 대한민국 어린이집 원장으로, 워킹맘으로 살아 내면서 불안정한 가운데 놓였던 내 모습과 닮아 있기에, 있는 그대로의 글을 진솔하게 담고자 노력했습니다. 글의 빈 구석, 남은 여백의 해석은 이 글을 읽으시는 독자, 현장의 교사들, 원장님, 그리고 앞으로 교사의 꿈을 가진 학생들이 여러 갈래로 이해하고, 적용해 나갈 수 있기를 기대합니다.

한 치 앞도 예측할 수 없었던 코로나 위기는 2년 동안 예측 불허의 상황으로 내돌았지만, 우리의 꿈도 암흑으로 내몰진 못했음을 바라봅니다. 어떠한 상황이어도 어린이집 문을 열어 주신 원장님, '긴급보육'의 이름으로 아이들을 안아 준 교사들. 가장 낮은 곳에서 소중한 생명을 사랑으로 돌보며, 행복한 성장을 위해서 뿌려진 사랑의 수고가 좋은 교육현장으로, 좋은 교사로, 좋은 사회로, 더 좋은 환경으로 더 진보해 나갈 수 있을 것으로 꿈꿔 봅니다.

책에서 담은 내용은 하나의 경험에 불과할 수 있지만, 그 꿈들이 땅에 떨어지는 씨앗이 되었고, 새로운 싹을 틔우며, 더 좋은 교육의 열매로 풍성히 가꾸어 나가길 소망해 봅니다.

이금자

참고문헌

교육부(2015), 〈초·중등학교 교육과정 총론〉, 교육부.

교육부·보건복지부(2019), 〈2019 개정 누리과정 놀이이해자료〉

교육과학기술부·보건복지부(2013), 〈3-5세 연령별 누리과정 해설서〉, 한국교육
　　과학기술부.

김인경·정선아·박보영(2020), 〈교육혁신과 인적역량에 관한 연구: 유치원 중심
　　으로. KDI한국개발연구원 연구보고서〉, 1호, p. 59.

노자(2017), 《도덕경》, 장석만 역, 돋을새김푸른책장, p. 155.

미첼 레스닉(2018), 《미첼 레스닉의 평생유치원: MIT 미디어랩이 밝혀낸 창의적
　　학습의 비밀》, 최두환 역, 다산사이언스.

미하이 칙센트미하이(2004), *Flow: the psychology of optimal experience*, 최인
　　수 역, 《몰입, FLOW 미치도록 행복한 나를 만난다》, 한울림.

사토마나부·한국배움의공동체연구회(2019), 〈교사의 배움〉, ㈜에듀니티, p. 37.

염지숙(2005), 〈유아교육현장에서 돌봄의 실천과 한계〉, 유아교육연구, 25(5), p.
　　147-171.

움베르또 마뚜라나, 프란시스코 바렐라(1994), 《앎의 나무》, 최호영 역, 갈무리.

이경화·손원경·남미경·정혜영·김남희·손유진·정혜영·이연선(2018), 《유
　　아교사 - 되기 운동 유아교사론》, 학지사.

이가형, 정선아(2015), 〈'돌봄'의 관점에서 유아교사 삶의 특성〉, 한국교원교육연
　　구, 32(4), p. 307-326.

이정우(2009),《주체란 무엇인가?: 무위인에 관하여》, 그린비.

임부연(2005), 〈포스트모던 유아교육과정의 미학적 탐색: 해체를 넘어 생성을 위하여〉, 교육과정연구, 23(4).

정낙림(2017),《놀이하는 인간의 철학》, 책세상.

정선아(2014), 〈국가 수준 영유아보육과정 실행의 관점에 관한 연구: OECD 6개국의 국가 수준 영유아보육과정의 비교를 중심으로〉, 한국보육지원학회, 10(4), p. 147-164.

장영희(2006),《문학의 숲을 거닐다》, ㈜샘터사.

크리스토퍼 데이(2007),《열정으로 가르치기》, 박은혜·이진희·위수경 역, 파란마음.

한국보육교사회(2006),《돌봄의 보육(관계중심의 교육, 그 시작을 위하여)》, 교육과학사.

한석훈(2012),《선생이란 무엇인가: 루소 퇴계 공자 융에게 교육의 길을 묻다》, 한언.

Bachelard, G. (2014), *L'air et les songes*, 정영란 역,《공기와 꿈-운동에 관한 상상력》, 이학사.

Cannella, G. S. (2002), *Deconstructing early childhood: Social justice and revolution*, 유혜령 역,《유아교육 이론 해체하기: 비판적 접근》, 창지사.

Cherryholmes, C. H. (1998),《탈구조주의 교육과정 탐구 권력과 비판》, 박순경 역, 교육과학사.

Dahlberg, G., Moos, P., & Pence, A. (2017), *Beyond quality in early childhood education and care*, 김희연·신옥순·염지숙·유혜령·정선아 역,《포스트모던 유아교육: 새로운 이해와 실천을 열어가기》, 창지사. (원저 2013년 출판)

Dewey, J. (2002), *The child and curriculum: Experience and education*, 박철홍 역,《아동과 교육과정 경험과 교육》, 문음사. (원저 1902/1938 출판)

Egan, K. (2014), *The future of education : reimagining our schools from the ground up*, 김회용·곽덕주 역, 《상상력 교육: 미래의 학교를 디자인하다》, 학지사.

Freire, P. (2002), *Continuum International Publishing Group*, 남경태 역, 《페다고지: 피억압자의 교육학》, 그린비, p. 207. (원저 1970 출판)

Goldstein, L. S. (2001), *Teaching with love: a feminist approach to early childhood education*, 《사랑으로 가르치기: 유아교육에 대한 페미니스트 접근 (유아교육의 재개념화 3)》, 정선아·안효진·이진희·성소영 역, 창지사, p. 35.

Lieberman, A. (2009), 《교사 리더십》, 황기우 역, 학지사.

Moss, P. (2017), *Early Childhood and Compulsory Education*, 정선아·윤은주·이진희 역, 《유아교육과 의무교육: 관계를 재개념화하기》, 창지사.

Noddings, N. (2002), *The challenge to care in schools*, 추병완 역, 《배려교육론》, 다른우리.

Noddings, N. (2008), *Happiness and education*, 이지현 외 역, 《행복과 교육》, 학이당.

Olsson, L, M. (2017), *Movement and experimentation in young chiidren's learning: Deleuze and Guattari in early childhood education*, 이연선·이경화·손유진·김영연 역, 《들뢰즈와 가타리를 통해 유아교육 읽기 운동과 실험》, 살림터.

Sellers, M. (2018), *Young Children Becoming Curriculum*, 손유진·안효진·유혜령·윤은주·이경화·이연선·이진희·임부연·전가일·한선아 역, 《어린이의 교육과정 되기: 들뢰즈, 테 파리키와 교육과정에 대한 이해》, 창지사. (원저 2009 출판)

Stacey, S. (2015). *Emergent Curriculum in Early Childhood Settings*. 정선아 역,

《발현적 교육과정 이론에서 실제로의 적용》, 창지사.

Taguchi, H. L.(2018), *Going beyond the theory/practice divide in early childhood education: introducing an intra-active. NY:Routledge*, 신은미·안효진·유혜령·윤은주·이진희·임부연·전가일·한선아·번윤희 역, 《들뢰즈와 내부작용 유아교육: 이론과 실제 구분 넘어서기》, 창지사.

van Manen, M.(2012), *The tone of teaching*, 정광순·김선영 역, 《가르친다는 것의 의미》, 학지사. (원저 2002 출판)

Walsh, D.(2015), *Early Childhood Teacher Education*, 정선아·안효진·이진희·성소영 역, 《가르침의 기예 유아교사론》, 파워북. p. 4~71.